네르가시아 장편소설

FUSION FANTASTIC STORY

도시무왕연대기

도시 무왕 연대기 2

네르가시아 장편소설

초판 1쇄 찍은 날 § 2015년 10월 7일
초판 1쇄 펴낸 날 § 2015년 10월 14일

지은이 § 네르가시아
펴낸이 § 서경석

편집책임 § 이재림

펴낸곳 § 도서출판 청어람
등록번호 § 제387-1999-000006호
등록일자 § 1999. 5. 31
어람번호 § 제1-2249호

주소 § 경기도 부천시 원미구 부일로 483번길 40 서경B/D 3F (우) 14640
전화 § 032-656-4452 팩스 § 032-656-4453
http://www.chungeoram.com
E-mail §chungeorambook@daum.net

ISBN 979-11-04-90447-9 04810
ISBN 979-11-04-90445-5 (세트)

네르가시아 장편소설

FUSION FANTASTIC STORY

퇴무왕 연대기

목차

1. BSC홀딩스 473

영국 가우스웨이트 저수지 인근의 작은 마을 램튼 팜.

휘이이잉—

쌀쌀한 바람이 불어와 태하의 옷깃을 스쳤다.

그는 이미 고인이 되어버린 케인의 비석 앞에 서서 조용히 묵념했다.

"아저씨, 제가 너무 늦게 왔군요. 죄송합니다……."

케인은 태하가 어린 시절 영재교육을 받을 때 일거수일투족을 함께했었던 수행비서 겸 집사였다.

그는 태하가 아프거나, 슬프거나, 건강하거나 기쁘거나, 케인은 그렇게 항상 그의 곁을 지켜왔다.

그런 그가 딱딱한 비석 하나 덜렁 남기고 떠난 것은 어쩌면 마지막까지 태하를 위했던 것인지도 모른다.

태하는 케인에게 자신이 미국에서 한국으로 돌아가는 길에 만들었던 사모펀드를 지키도록 부탁했다.

에이마르 홀딩스와 아파린 투자신탁이 언제 배신할지 모른다는 그의 생각 때문에 BSC가 탄생했기 때문이다.

케인은 대주주로서 에이마르 홀딩스와 아파린 투자신탁을 적당히 압박하고 감시하여 개가 주인을 무는 일이 없도록 해왔다.

하지만 문제는 케인의 건강에 이상이 생기면서부터였다.

케인은 약 1년 전부터 투병생활을 하고 있었는데, 췌장암 4기로 그는 도저히 살 수 있는 희망을 찾을 수 없었다.

이때부터 케인은 자신의 주변 인물들에게 점차 권력을 이양시켰고 유사시엔 태하에게 그 모든 것이 돌아가도록 해두었다.

그러나 케인이 죽기 직전, 회사는 김태평과 김태하 부자가 나란히 고인의 반열에 오르면서 케인은 미처 손을 쓸 도리도 없이 서서히 무너져 내리기 시작했다.

케인이 죽고 난 후의 BSC홀딩스는 에이마르와 아파린에게 휘둘리기 시작했고, 급기야 사모펀드 주식을 에이마르가 매집하게 만드는 상황에 이르게 되었다.

그나마 케인을 따르던 이사진이 유혈사태를 막기 위해 동분서주했으나, 결국 그들은 에이마르의 암계에 줄줄이 세상을 떠나고 말았다.

다행이도 이사진이 유사시에 대비하여 대주주 케인의 사망을 비밀에 붙였고 그나마 주식이 지금까지 남아 있을 수 있었다.

아마 에이마르 홀딩스에서 이 사실을 알아챈다면 BSC홀딩스는 당장 내일이라도 그들의 손아귀에 넘어갈 것이다.

하지만 그렇게 되도록 가만히 있을 태하가 아니었다.

그는 자신 스스로가 케인이 되어 모든 주식을 차명으로 넘겨버리기로 작정했다.

묵념을 끝내고 이제 슬슬 고개를 든 태하에게 라일라가 다가와 고개를 숙였다.

"준비가 모두 끝났습니다."

"그래, 수고했다."

라일라와 두 경호원 겸 비서는 태하를 따라 영국까지 날아왔는데, 앞으론 이들이 태하의 수족이 될 예정이었다.

태하는 첫 번째로 그녀에게 입양아 중 죽음이 확실하지만 여전히 실종자로 처리되어 있는 청년의 신분을 찾아내도록 지시했다.

그녀는 태하의 지시를 전혀 빈틈없이 해냈고, 결국 미카엘 모리슨이라는 남자의 신분을 얻어낼 수 있었다.

이제 태하는 다시 한 번 새로운 역사를 써내려 나갈 것이다.

* * *

런던 중앙법원.

이제 막 허리가 굽기 시작한 60대 중년 남성이 이곳을 찾았다.

그는 미카엘 모리슨이라는 청년이 자신의 아들이며, 얼마 전에는 10년간의 실종에서 돌아왔다고 말했다.

심사관은 거의 다 갈라져 쉬어버린 케인 엑트린의 목소리에서 그 절절함을 느낄 수 있었다.

"…늘그막에 얻은 자식이 돌아왔으니, 이 얼마나 기쁜 일이오?"

"흐음… 그래서 신분 회복을 신청하시는 것이군요."

"그렇소. 나는 그 아이가 없었던 시간 동안 해주지 못했던 모든 것을 해주고 싶소. 물론 법이 허락한다면 말이오."

케인 엑트린은 미카엘 모리슨을 0세, 그러니까 12개월이 되기 전에 잃어버렸다고 했다.

심사관은 여기서 조금 의아함을 느낀다.

"헌데, 좀 믿기 힘든 구석이 있긴 하군요. 영아 때 잃어버렸던 아들을 20년 넘게 못 보아오다가 지금에서야 간신히 찾았습니다. 그런데 그 아들이 자신의 아들이라는 확신은 어떻게 갖게 된 겁니까?"

"등에 있는 물결무늬의 반점들, 이 반점들을 보고 내 아들임을 확신했소."

"물결무늬의 반점이라면 어떤 것들을 말씀하시는 것인지요?"

케인은 자신의 가방에서 몇 장의 사진과 친자 확인 감정서를 꺼내어 내밀었다.

"받으시오. 그 사진과 함께 첨부한 친자 확인 감정서요."

심사관은 아주 어린 시절에 찍은 듯한 사진 몇 장과 최근의 사진, 그리고 친자 확인 감정서를 천천히 읽어 내려갔다.

영국 멕스웰리스 의학 연구소 — 친자 확인 결과 : 상기 두 유전자의 형질이 *99.9999%* 일치함.

친자 확인 감정서는 친자가 아니고선 절대로 나올 수 없는 수치가 기록되어 있었으며, 사진에는 정말로 물결무늬의 반점들이 보였다.

"정말이군요. 이 정도의 검사결과라면……."

"어떻소? 내 아들이 맞지 않소?"

"예, 그런 것 같군요."

심사관은 케인이 내민 자료들을 갈무리하곤 신분 회복 절차를 밟을 수 있는 서류에 도장을 찍었다.

쾅!

"됐습니다. 이제 앞으로 며칠 후, 신분 회복을 위한 재판이 열릴 겁니다. 그때 아드님을 법정으로 부르시면 되겠습니다."

"고, 고맙소! 정말 고맙소!"

"후후, 별말씀을요. 아무쪼록 아드님을 찾으셔서 다행입니다. 앞으론 부디 헤어질 일 없었으면 좋겠군요."

"…그러게 말이오."

미소와 함께 어쩐지 씁쓸함을 머금은 케인, 하지만 심사관은 그런 그의 표정조차 감동적이라고 생각했다.

"그럼……."

"살펴 가십시오. 그리고 이거, 별건 아닙니다만 차 안에서 드십시오."

그가 내민 것은 박하사탕 몇 개였는데, 자기 나름대로는 케인을 상당히 배려한 행동으로 보였다.

아마 아들을 되찾은 그에게 흐뭇하면서도 어쩐지 짠한 감동 같은 것을 느낀 모양이었다.

케인은 함박웃음을 지으며 화답했다.

"고맙소."

"잘 가십시오."

이제 이들은 헤어져 다시는 얼굴을 보지 않을 사이가 될 것이다. 하지만 서로의 얼굴은 기억에 또렷이 남아 각인될 것이 틀림없었다.

*　　　*　　　*

며칠 후, 케인 엑트린의 아들이라 주장하는 미카엘 모리슨의 신분 회복 재판이 열렸다.

영국 맨체스터 지방법원은 케인 엑트린이 제시한 증거들을 토대로 미카엘 모리슨의 회복 여부를 결정하기로 했다.

그전에 재판부는 먼저 미카엘 모리슨의 소명을 들어보기로 한다.

"신청인, 앞으로 나와서 소명하세요."

"예, 재판장님."

이번 소명은 그가 어째서 멀쩡한 부모를 내버려 두고 고아가 되었는지에 대한 것이 주를 이루게 될 것이었다.

순백색의 피부에 금색 머릿결, 거기에 파란색 눈동자는 미묘하게 은색을 띄고 있었다.

상당히 신비로운 느낌이 드는 미카엘 모리슨의 외모에 재판부는 자신도 모르게 집중하게 되었고, 그는 소명을 하기 전부터 그들의 주목을 잡아끌 수 있게 되었다.

미카엘은 자신이 어떻게 태어났으며, 그 모태는 어디서부터 비롯된 것인지 설명한다.

"제 아버지는 요크셔 지방에서 태어나 맨체스터 출신의 어머니와 결혼하셨습니다. 하지만 오래도록 아이가 생기지 않으셨지요. 그렇게 결혼생활이 20년간 이어졌습니다만, 여전히 아이가 없으셨습니다. 그래서 어머니께 슬슬 우울증이 찾아오고 있었습니다. 하지만 아버지는 포기하지 않으셨습니다. 그리하여 마흔에 가까워올 때쯤에 저를 갖게 되신 것이지요."

"흠… 그렇군요."

"하지만 제가 태어나고 얼마 지나지 않아 우리 가족은 생이별을 하게 되었지요."

재판부는 이제 그가 어떻게 살아왔는지, 그리고 그 배경은 어떠했는지를 묻는다.

"그래요, 영아 때 아버지와 떨어져버렸던 것이군요? 그렇다면 그 이후엔 어떻게 살아왔습니까?"

"…프랑스의 한 고아원에서 자라게 되었습니다. 아버지께선 저를 맨체스터에서 잃어버리셨지만, 어째서 제가 프랑스까지 흘러 들어간 것인지는 확실하지 않습니다. 다만, 고아원의 원장에게 들은 바로는 제가 한 여성의 손에 이끌려 왔다고 했습니다. 그래서 전 얼마 전까지만 해도 어머니가 저를 버렸다고 생각했습니다. 하지만 그것은 아니었던 모양이더라고요."

"어째서 그렇지요?"

"프랑스 고아원에 저를 버린 사람은 동양인이라고 했습니다. 하지만 저의 부모님들은 영국인입니다. 앞뒤가 맞지 않지요."

"으음, 그렇군요."

재판부는 몇 가지 질문을 추가하려다가 이내 취소하고 결정을 내렸다.

"좋습니다. 판결하겠습니다. 신분 회복을 신청한 케인 엑트린의 주장에는 신빙성이 충분하다고 판단되는 바, 미카엘 모리슨의 성을 엑트린으로 변경하고, 그에 대한 법적인 호적 변경을 인정합니다."

탕탕탕!

"감사합니다!"

미카엘은 재판부에게 깊숙이 고개를 숙였고, 그들은 그것을 가벼운 묵례로 받았다.

모리슨에서 엑트린으로 성을 바꾼 미카엘, 즉 태하는 곧바로 케인의 재산들을 자신의 앞으로 귀속시켰다.

원래 케인의 재산들은 전부 태하의 것이었으나 그 모든 명의들은 유사시에 대비하여 케인의 명의로 변경을 해둔 것이었다.

그러니까, 원래 케인의 재산들은 태하의 것이었으니 그가 미카엘로 둔갑하여 재산을 귀속시키는 일은 자신의 권리를 되찾는 일이라고 볼 수 있었다.

이제 태하는 자신이 직접 대주주가 되어 회사를 정상화시키는데 주력하기로 결심했다.

그와 함께 에이마르 홀딩스와 아파린 투자신탁을 되찾고 그들에게 정보를 얻어낼 계획을 세웠다.

하지만 그러면서도 그는 회사에 모습을 드러내지 않을 작정이었다.

회사로 찾아가 정체를 드러내기에 앞서 그가 할 일이 몇 가지 남아 있기 때문이었다.

태하는 라일라에게 현재 BSC홀딩스를 압박하고 있는 마피아 조직 '제노니스'에 대해서 조사하도록 지시했다.

그녀는 자신이 아는 한 가장 믿음직한 정보원을 통하여 그들의 조직 계보와 정체성에 대해 조사했다.

늦은 밤.

태하는 그녀에게서 받은 자료들을 머릿속에 저장시키며 라일라에게 물었다.

"지금 회사에 상주하며 준간부들을 협박하고 있는 조직원들은 총 몇 명이나 되는 것 같나?"

"대략 20명입니다. 그 휘하의 조직원은 더 되겠지요."

"20명이라… 일반인이라면 벌써 신경쇠약에 걸려 버렸겠군."

"예, 하지만 BSC홀딩스의 준간부들은 생각보다 정신력이 강한 것 같더군요. 매일같이 쏟아져 들어오는 살해 위협을 그렇게 꿋꿋이 버텨내고 있으니 말입니다."

"그러게 말이야. 다들 대단하군그래."

케인은 BSC홀딩스의 직원들을 고용하는데 있어 상당히 심혈을 기울였었다.

그렇기에 그는 언젠가 BSC홀딩스가 위기를 맞이할 것을 예상하고 능력이 뛰어난 사람보다는 심지가 굳은 사람들을 대거 천거했다.

아마도 그들은 케인의 뜻대로 끝까지 저들의 협박에 굴하지 않을 것이다.

"그나저나 저들이 원하는 것이 뭐라고 했던가?"

"대표이사 선입입니다. 물론 그 대표이사에는 다니엘 본인이 앉겠지요."

"…빌어먹을 놈들. 감히 남의 회사에 침을 바르다니. 더군다나 아버지께서 키운 개들이 이제는 아들의 터전까지 넘봐? 죽고 싶어 환장한 모양이군."

이제 태하는 차근차근 꼬였던 실타래를 풀어내기로 한다.

"좋아, 꼬인 것은 손으로 직접 푸는 것이 최고지. 런던으로 가자."

"예, 보스."

태하는 그녀들과 함께 런던으로 향했다.

* * *

영국 블랙풀의 한적한 시골마을, 이곳으로 검은색 세단이 한 대 미끄러져 들어왔다.

부아아아앙─!

조용한 세단의 엔진소리지만, 그 특유의 정숙함마저 소음으로 돌변하는 것이 바로 이 시골마을이다.

이윽고 검은색 세단은 마을 외곽에 있던 수풀 지대 앞에 멈추어 섰는데, 그 안쪽으론 작은 늪지대가 형성되어 있었다.

까악! 까악!

검은색 세단은 다소 을씨년스러운 분위기가 물씬 풍기는 이곳 저택의 마당으로 억지로 차체를 밀어 넣었다.

부아앙─ 끼이익─!

하지만 더 이상 차가 들어갈 수 없다는 사실을 깨달은 그들은 이내 차에서 몸을 꺼냈다.

차에서 내린 사람은 총 네 명의 사내였다.

이들은 BSC홀딩스의 등기이사이자 유일한 생존자인 대주주 케인의 저택을 찾아왔다.

영국계 마피아 제노니스는 케인을 찾아 150명에 이르는 히트맨을 고용했었는데, 이들은 그들 중 네 명이다.

이중에 가장 나이가 많은 히트맨이 케인의 저택을 둘러보며 사람의 흔적을 찾아보았다.

하지만 좀처럼 누군가의 흔적을 찾기란 쉽지 않은 모양이었다.

"…적어도 3개월은 사람이 살지 않았던 것 같군. 길면 일 년?"

마당에는 사람 무릎까지 오는 잡초들이 무성했고, 늪에는 각종 쓰레기들이 부유하고 있었다.

비가 많이 오는 영국인만큼 마당을 잘못 관리하면 이처럼 녹지가 늪지로 변해버릴 수도 있다.

배수로가 꽉 막혀 저택의 현관 앞까지 물이 들어찬 것을 보면 관리가 전혀 되지 않고 있다는 소리였다.

히트맨들은 무성한 수풀 지대를 지나 현관 앞에 아슬아슬하게 발을 걸치고 섰다.

쿵쿵쿵!

"계십니까?!"

거세게 저택의 문을 두들기자, 내부에서 남자의 목소리가 메아리치기 시작한다.

—니까, 니까, 니까—!

큰 건물일수록 메아리가 크게 들리지만, 사람이 사는 곳과 살지 않는 곳은 귀로 들으면 그 차이를 확연하게 느낄 수 있다.

아마도 지금처럼 무미건조한 메아리가 들리는 것을 보아하니 오랫동안 사람이 살지 않은 것 같았다.

그는 자신의 부하에게 케인의 정보에 대해 다시 물었다.

"그가 종적을 감춘 지 얼마나 되었다고?"

"6개월입니다. 에이마르 홀딩스가 BSC홀딩스의 이사진을 모조리 숙청하고 다니던 무렵이죠."

"흐음……."

네 명의 히트맨 중 가장 직위가 높은 팀장 제임스가 저택의 문을 부수고 들어가도록 지시했다.

"문을 부순다."

"괜찮겠습니까? 혹시 경찰이라도 오면……."

"올 것이었다면 진즉 왔겠지."

"하긴."

그들은 즉시 세 정의 권총에 총알을 장전했고, 이내 저택의 현관문에 총알을 냅다 갈겨버렸다.

탕탕탕!

그리곤 힘차게 현관문을 발로 차 잠금장치를 무력화시켰다.

콰앙!

"후우, 깔끔하군."

제임스는 그제야 부하들의 행동이 조금은 마음에 들었던지, 천천히 발걸음을 옮기기 시작했다.

"쓸 만한 것이 있다면 모조리 챙겨라. 사소한 것도 놓치면 안 된다!"

"예, 보스."

끼익—

꽤나 오래되어 보이는 이 저택은 총 1,500평 규모로 이뤄져 있었는데, 대략 25개의 방과 10개의 욕실이 구비되어 있었다.

히트맨들은 차례대로 방을 뒤져 케인의 흔적을 찾아다녔다.

하지만 어지간한 방에 들어 있는 짐들은 이미 없어졌거나 그 자리에서 불타 없어진 것으로 보였다.

"철두철미한 놈이군……."

"보스! 아무래도 단서가 될 만한 것은 없는 것 같습니다!"

"이런……."

제임스는 이대로 저택을 떠나서 다른 곳을 찾아봐야 할 것 같다고 생각했다.

"그래, 가자."

"예, 보스."

이윽고 저택을 나서려던 네 사람.

바로 그때였다.

방과 방을 연결하는 복도 사이에는 대략 50여 점의 그림이 걸려 있었는데, 그중에 몇 개는 케인과 함께 있는 한 사내의 얼굴이 그려져 있었다.

제임스는 고개를 갸웃거린다.

"저놈은 누구야?"

"케인과 함께 있는 사람 말입니까? 아마도 아들이 아니겠습니까?"

"아들?"

"그렇지 않고선 저렇게 다정하게 앉아 있을 수 있겠습니까?"

그는 벽에 걸려 있던 그림을 하나 떼어내 부하에게 건네며 말했다.

"케인보다 이놈을 먼저 찾아내야겠다."

"아들을 말입니까?"

"보아하니 아들을 꽤나 아끼는 것 같은데, 작은놈을 찾으면 큰놈은 알아서 기어 나오지 않겠어?"

"아하, 그렇긴 하군요."

"지금 당장 정보원들에게 연락하여 그 마이클인지 뭐시긴지 하는 놈부터 찾아보도록 해라."

"예, 알겠습니다."

그들은 이제 케인보다는 그의 가족으로 슬슬 눈을 돌리기 시작했다.

*　　*　　*

BSC홀딩스의 본사가 있는 영국 맨체스터의 중앙 시가지.

오늘 이곳에선 대표이사가 없는 이사회가 벌써 20번째 열리고 있었다.

등기이사들이 모조리 실종되거나 살해를 당하면서 이제 그 자리는 비등기이사인 준간부들이 채우고 있었다.

그리고 그 이외의 자리에는 체격이 건장하고 인상이 썩 좋아 보이지 않는 남자들이 자리를 채우고 있었다.

티잉— 티잉—

그중에서도 프랑스의 대표적인 명품인 듀퐁 라이터의 뚜껑을 열었다 닫았다하는 사내의 포즈는 가히 오만하다고 표현

할 만했다.

그는 책상에 두 다리를 올리고 앉아 등을 푹 기댄 채, 영업 담당차장 제이슨 가드너에게 말했다.

"회사 등기 이전에 대한 안건으로 도대체 몇 번째 회의를 해야 하는 건가? 어이, 가드너."

"…말하시오."

"지금 이곳에서 가장 직급이 높은 사람이 누구지? 제이슨 가드너, 당신인가?"

"그렇소만……?"

"세상에… 차장이 회사의 최고위층 간부라니, 이게 도대체 무슨 말도 안 되는 소리야? 안 그래?"

"큭큭, 맞습니다!"

영국계 마피아 제노니스의 보스, 리처드 라이너슨의 아들 다니엘 라이너슨은 아버지의 주식을 모두 다 위임받아 현재 주식보유 순위 2위가 되었다.

1위는 대주주 케인으로, 거의, 70%에 가까운 주식을 그가 보유하고 있었다.

하지만 거의 반년 동안 케인은 자리에 나타나지 않았고, 라이너슨 가문은 그 틈을 타 회사를 계속 압박해 나가기 시작했다.

만약 케인이 없다는 것을 알았다면 다니엘은 단연 대표이사의 자리를 꿰차고도 남을 것이었다.

하지만 그 사실을 모르는 다니엘은 케인이 돌아오기 전에 자신이 BSC의 대표이사가 되기 위해 전 직원들을 협박했지만, 중간부들은 좀처럼 움직일 생각을 하지 않았다.

다니엘은 제이슨 가드너에게 다가가 속삭였다.

"…나는 높은 직급순으로 사람을 없애왔다. 이제 다음 사람은 과연 누가 될까?"

"……."

"세상은 아름다워. 이 아름다운 세상, 조금이라도 더 즐기는 편이 낫지 않겠어?"

다니엘은 그에게 은색 수트 케이스를 건넸다.

"자, 받아."

"이게 뭡니까?"

"선물이다. 이 정도면 네가 이 아름다운 세상을 살아가는데 부족함이 없을 거야."

아마도 이 상자 안에는 꽤 풍족한 무기명채권이 들어 있었다.

만약 제이슨이 이 돈을 받는다면, 그는 물론이고 그의 자식들까지 호의호식할 수 있을 것이다.

하지만 그는 끝까지 신념을 굽히지 않았다.

"…이사회에 돈을 뿌리러 오셨소? 이게 뭐하는 짓이요?"

"좋은 게 좋은 것 아니겠어? 내가 언제까지 당신들을 잡아 족쳐야 되겠나? 안 그래? 그러니 이쯤에서 좋게 마무리하자고."

이제는 그를 회유하기로 마음을 먹었던지, 말투가 상당히 부드러워진 다니엘이다.

그러나 제이슨은 여전히 전향할 마음이 없었다.

"나는 돈보다 법을 더 믿는 사람이오. 그러니 이 따위 말도 안 되는 로비는 집어치우시오."

"법이라……."

다니엘은 실소를 흘리며 말했다.

"후후, 우리들 뒷돈이나 굴려주던 놈들이 법을 운운하다니, 기가 차서 말도 안 나오는군."

"…엄연히 따지자면 명의 대여요."

"그래, 명의 대여. 그 명의 대여로 뒷돈을 만들어주고 세탁까지 해준 것 아닌가? 네가 그렇게 떳떳하다면 어디 경찰에 신고라도 해보시지?"

"……."

사실, BSC홀딩스가 에이마르 홀딩스를 신고하지 못하는 것은 지금 그들이 펼치고 있는 사업들 때문이다.

태하가 처음 BSC홀딩스를 창업했을 때만 해도 이들은 불법 사업에 손을 대면서 회사를 운영하지는 않았었다.

하지만 에이마르 홀딩스와 아파린 투자신탁을 옥죄려니, 보통 방법으론 어림도 없었다.

그래서 케인은 결국 어둠의 세력을 잡아두기 위해 스스로 암흑가에 발을 들여놓았다.

그리고 그 결과 BSC홀딩스는 돈세탁과 명의 대여 등으로 회사를 굴리는 실정이다.

아마 경찰이나 정보수사국에 이 사실이 알려진다면, 당장 회사는 문을 닫아야 할지도 모른다. 아니, 문을 닫는 것뿐만 아니라 막대한 벌금을 내야 했다.

그럼에도 불구하고 BSC홀딩스가 버틸 수 있는 것은 에이마르 홀딩스의 자금줄이 모두 이곳에 있기 때문이다.

에이마르 홀딩스가 BSC홀딩스에 그렇게 집착하는 이유도 이것 때문이었다.

"아무쪼록 좋은 선택하기를 바라. 또 아나? 앞으로 우리가 사업 파트너가 될지 말이야.

"……."

다니엘이 여유로운 미소를 짓고, 제이슨이 침묵을 이어갈 때, 회의실에 노크소리가 들리더니, 이내 제노니스의 조직원이 한 명 들어섰다.

"부회장님, 전화를 좀 받아보시지요."

"전화?"

"제임스의 전화입니다. 기쁜 소식이 있다고 하는군요."

"기쁜 소식이라… 그래, 바꿔줘."

다니엘은 전화를 받았고, 케인의 저택으로 갔던 히트맨 무리가 수화기 너머로 등장한다.

—나다. 제임스.

"그래, 제임스. 어쩐 일인가? 좋은 소식이라는 것은 또 뭐고?"

—케인의 아들을 찾았다.

순간, 다니엘이 고개를 갸웃거린다.

"뭐? 누굴 찾았다고?"

—케인의 외아들이 어디에 있는지 파악했다. 지금 요크의 한 요양원에 있다고 하더군.

"오호… 그래? 꽤 대물을 낚았는걸?"

—원래 아비가 없으면 그 자식 놈을 찾아 족치면 모든 것이 풀리는 법이다. 이제 곧 이 사건도 마무리가 되겠군.

"후후, 그래, 그렇군……."

이윽고 그는 눈을 들어 BSC홀딩스의 현 중역들을 바라보며 웃었다.

"그 잘난 자존심들이 한 방에 무너지게 생겼군. 후후후……."

"……?!"

의미심장한 그의 미소, BSC홀딩스는 왠지 모를 불안감에 휩싸이기 시작했다.

* * *

런던 빅벤의 한 뒷골목.

이곳에선 하루가 멀다고 도박판이 벌어지는 술집이 있다.

평범한 듯 보이는 선술집, '작은 요정'은 마피아 제노니스에서 운영하는 마약의 중간 유통기지이자 불법 도박장이었다.

이곳에는 조직에서 직접 운영하는 사채회사가 상주하며 합법적으로 돈을 빌려주고 그 이자를 받아낸다.

또한, 도박장 어디에서나 마약을 구매하여 복용할 수 있기 때문에 향락 또한 극에 달하는 곳이다.

제노니스의 조직원 페르난드는 이곳으로 매일 출근도장을 찍는 작은 요정의 총 책임자다.

이른 저녁을 기하여 이곳에 도착한 페르난드는 관리 사무소 의자에 몸을 기대어 앉았다.

"후우… 이 일도 이젠 지긋지긋하군."

페르난도는 CCTV의 화면 150개가 있는 관리 사무소에 앉아 현장을 관리하는 것이 일이었다. 그러자면 한시라도 CCTV에서 눈을 뗄 수가 없었다.

그래서 그는 일을 시작하기 전에는 항상 조직에서 유통시키는 마약 '울프 헤드'를 복용하여 심신을 안정시키곤 했다.

페르난도는 무려 10kg이나 되는 마약 덩어리에서 가루를 조금 떼어내 곱게 갈았다.

탁탁탁—

입자가 고와진 울프 헤드는 코를 통해 흡입하는 순간 거의 기절할 정도로 머리가 핑 도는 것이 특징이다.

그 이후엔 마치 술에 만취한 사람처럼 이성을 잃고 돌아다니게 된다.

향정신성 물질의 특징이기도 하지만 울프 헤드는 사람의 감정이 한없이 고조되도록 만들어준다.

거기에 약간의 환각 증상이 덧대어지면서 최고의 향락을 선사하게 되는 것이다.

페르난도는 울프 헤드 마니아로, 하루라도 마약이 없으면 살 수 없을 정도로 울프 헤드에 깊이 중독되었다.

"킁킁, 좋군!"

코로 맛을 보고 입으로 다시 한 번 맛을 본 그는 마약에 점점 취해가기 시작했다.

하지만 바로 그때였다.

—치익, 보스!

"……."

—보스!

부하들이 그를 애타게 찾았지만 그는 마침 마약을 하던 도중이라 무전을 듣지 못했다.

결국 부하들은 결국 관리실로 찾아올 수밖에 없었다.

"보스!"

"…쿵쿵, 뭐야, 무슨 일이야? 현장은 어떻게 하고……."

"지금 이렇게 앉아계실 상황이 아닙니다. 저놈을 좀 보십시오!"

이내 그는 부하가 가리키는 11번 CCTV로 고개를 돌렸고, 이내 눈을 동그랗게 떴다.

"뭐, 뭐야?! 라인 포커가 저 많은 돈을 잃은 건가?!"

"예, 보스."

"이런, 젠장!"

CCTV화면에는 곱상하게 생긴 청년이 도박장에서 딴 것으로 보이는 돈을 산처럼 쌓아두고 있었다.

페르난도는 그 화면을 바라보며 이를 간다.

"…빌어먹을 자식 좀 보게."

"어떻게 할까요?"

"얼마나 잃었지?"

"대략 300만 정도 됩니다."

이곳 도박장에서는 개인과 개인이 도박을 즐기는 경우도 있지만, 딜러와 함께 도박을 즐기는 경우도 있다.

그중에서도 가장 인기가 좋은 것은 1과 2로 라인을 나누어 1대1 포커의 승패를 점치는 '라인 포커'다.

라인 포커는 상한가가 없고, 이기는 즉시 자신이 건 돈의 두 배를 돌려받는 게임이기 때문에 인기가 가장 좋았다.

또한, 배팅한 돈의 두 배를 따는 것이기 때문에 라인 포커에 맛을 들리면 이곳에 돈을 마구 밀어 넣느라 조직에서 고리를 끌어다 쓰는 사람도 부지기수였다.

한마디로 이들은 사채와 도박을 동시에 운영하면서 마약까지 판매하는 영리한 조직이었던 것이다.

라인 포커는 화면을 통하여 생중계되는 영상을 보며 돈을 걸게 되는데, 도박장의 수익 중 가장 많은 부분이 이곳에서 나온다.

하지만 만약 라인 포커가 계속해서 거액을 잃게 된다면 상황은 완전히 달라진다.

페르난도는 자리에서 일어나 지하실로 향한다.

"저놈의 얼굴 좀 보자."

"예, 알겠습니다."

이윽고 그의 부하들이 도박장으로 향했다.

*　　　*　　　*

태하는 제노니스에서 운영한다는 작은 요정을 찾았고, 거기서 무려 30억 원에 상응하는 현금을 챙겼다.

이른바 라인 포커라 불리는 도박으로 판을 거의 싹쓸이 하다시피 한 것이다.

그는 처음 1유로(한화 약 1,300원 상당)로 게임을 시작하여 지금은 더 이상 돈을 쌓을 자리도 없을 정도로 거하게 승리한 상태다.

심지어 이번에 그는 라인 포커 배팅 지역에 300만 유로(한화 약 40억 원 상당)를 모두 밀어 넣었다.

"후후, 이제 두 배로 돈이 부는 일만 남은 건가?"

순식간에 300만 유로나 되는 돈을 잃은 제노니스에선 가만히 있지 못하고 그를 찾아왔다.

그들은 태하를 다짜고짜 자리에서 일으키며 말했다.

"일어나라. 우리 보스께서 좀 보자고 하신다."

"에이, 왜 이래? 잘 놀고 있는데! 나도 손님인데 이래도 되는 거야?"

"…죽기 싫으면 따라오는 것이 좋다."

"흐음……."

태하는 슬그머니 미소를 짓는다.

"대신, 나를 데려가서 피를 본다면 어떻게 할 거야? 경찰에 신고라도 할 건가?"

"…미쳤군. 겁대가리를 어디에 팔아먹은 거야?"

"뭐, 이 세상에 안 미친 사람이 있긴 하던가?"

태하는 그들에게 두 팔이 붙잡힌 채로 일어나더니 이내 턱으로 돈을 가리킨다.

"좋다. 너희들을 따라갈 테니 이 돈은 챙길 수 있도록 해줘."

"알겠다."

이내 태하는 자신이 딴 현금을 챙기고는, 그들을 따라 작은 요정의 지하실로 향했다.

* * *

미국 월 스트리트.

이곳은 미국뿐만 아니라 전 세계의 주가가 요동치는 주식의 심장부라고 할 수 있다.

이곳의 증시가 출렁거리면 지구상의 모든 물가와 주가가 들썩거리게 된다.

한마디로 월 스트리트가 무너지면 전 세계에 있는 모든 국가가 줄줄이 도산하여 깡통을 차게 될 수도 있다는 소리다.

이런 월 스트리트를 주름잡는 인물이 있었으니, 그는 바로

'황금손' 라이언 코크엘스다.

라이언 코크엘스는 고등학교를 막 졸업한 시절부터 주식을 시작하여 대학을 들어갔을 당시엔 무려 5천만 달러의 자산가가 되어 있었다.

그때부터 라이언 코크엘스는 재계의 주목을 받게 되었고, 실제로 투자회사를 설립했을 때엔 수많은 투자자들이 번호표를 뽑아들고 그에게 돈을 맡길 정도였다.

라이언은 월 스트리트 한복판에 65층 높이의 건물 두 채를 보유하고 있는데, 이 중 하나는 BSC홀딩스의 명의로 되어 있었다.

BSC홀딩스의 명의로 구매한 페이튼 타워 스카이라운지에 앉은 라이언이 조금 텁텁한 뉴욕의 밤공기를 머금고 있었다.

"흐음, 후우……!"

그는 무엇이 되었든지 수집하는 취미를 가지고 있는데, 이곳 스카이라운지에는 그가 수집한 세계 최고의 명차들이 줄을 지어 주차되어 있는 곳이었다.

라이언이 처음 주식을 시작한 것도 유망주를 발굴하여 그곳의 주식을 수집하고 싶다는 욕구 때문이었다.

그 욕구는 지금 그 가치에 대해 논하기도 힘들 정도의 엄청난 자산이 되어 돌아오고 있었다.

이렇게 돈이 넘쳐나는 라이언이지만, 늘 고민은 뒤따르게 마련이다.

"이놈은 도대체 어디서 뭘 하고 있는 것이지……?"

술잔을 잡은 그는 친구인 태하를 떠올리고 있었다. 그중에서도 아직도 기억에 생생하게 박혀 있는, 콜롬비아에서 MBA 과정을 밟던 시절의 태하를 기억하고 있었다.

라이언이 아직 대학생이던 시절, 태하는 이제 막 석사과정을 마치고 박사과정에 매진하고 있었다.

그때의 태하는 신비한 매력을 가진 사람이었다.

뭐든지 분석하고 연구하며, 돈의 흐름을 파악하는데 천부적인 재능을 가지고 있던 수재였던 태하와 라이언은 주식이라는 주재로 취미를 공유하게 되었고, 결국엔 사모펀드까지 조직하게 되었다.

하지만 그들의 사이가 항상 평탄하기만 했던 것은 아니었다.

워낙 괴짜에 수집광이었던 라이언은 별의별 요상한 장난들로 태하를 괴롭히곤 했다.

그때마다 태하는 진저리를 치며 도망을 다녔고, 나이를 먹고 나선 꽤 잦은 마찰을 빚어내곤 했었다.

태하는 그런 그에게 항상 일침을 가했지만 라이언은 들은 척도 하지 않았다.

어쩌면 성격이 너무 다른 두 사람이기 때문에 핫산처럼 신뢰 관계가 구축되지 않았던 것인지도 모른다.

"답답하군."

자신의 속내를 드러내지 않는 라이언은 단 한 번도 태하에게 자신의 우정을 표현해 보지도 못했다.

그런 가운데 태하가 실종되었으니, 그의 마음은 답답하기 이를 데가 없었던 것이다.

"이래서 시간은 금이라는 명언이 탄생한 것이군."

그때, 과거를 회상하며 황망한 눈으로 뉴욕의 밤거리를 바라보고 있던 그에게 한 통의 전화가 걸려왔다.

따르르르릉!

"네, 코크엘스입니다."

—날세.

"뭐야, 핫산? 자네가 이 시간엔 어쩐 일인가? 잠에 민감한 사람이 말이야."

—사람이 어떻게 매일 시간에 딱딱 맞춰서 사나? 내가 자네인 줄 아나?

핫산은 태하와 더불어 라이언이 수집한 몇 안 되는 친구다. 라이언이 그를 신뢰하는 마음을 따지자면 현재 보유하고 있는 자산을 전부 맡겨도 될 정도였다.

그러나 그는 부드러운 말투 대신 아주 투박한 어투로 일관했다.

“중동 기름장이가 이 시간엔 무슨 일인가? 이 시간이면 처첩과 뒹굴 시간 아니야?”

—원래는 그렇지. 하지만 뜻밖의 소식이 있어서 말이야.

“뜻밖의 소식?”

—태하가 살아 있어.

순간, 라이언은 숨을 쉴 수 없을 정도로 놀라 수화기를 잠시 내려놓았다.

하지만 그는 이내 곧바로 수화기를 다시 잡았다.

“…장난은 아니겠지?”

—내가 미쳤다고 자네에게 장난을 치겠나? 그것도 태하의 목숨으로 말이야.

“정말인 모양이군…….”

—모든 사람이 자네처럼 정신 나간 장난을 좋아한다고 생각하진 말라고.

“후후, 하긴.”

—아무튼 태하가 살아 있으니 조만간 접선을 시도할 것이야. 만날 수 있나?

지금 태하의 평판은 돈에 미친 패륜아였다. 만약 라이언이 믿음을 가지고 있지 않다면 당연히 접선은 불가능할 것이다.

“안 될 것 있나?”

—괜찮겠어?

"당연한 소리를 하는군."

—하긴, 자네가 괴팍하긴 해도 사람을 폄하여 바라볼 인사는 아니지.

"아무튼 지금 태하는 어디에 있나? 잘 있나?

—자세한 것은 지금 말하기 좀 그렇다네. 아무튼 조만간 태하가 먼저 자네를 찾아갈 것이니 조금만 기다리게.

"알겠어."

이윽고 전화를 끊은 라이언은 슬그머니 미소를 짓는다.

"놈… 아직 안 죽고 살아 있었구나! 역시!"

그제야 안심한 라이언은 시원하게 술을 한 잔 들이켰다.

2. 복수는 처절하게

작은 요정의 지하실.

이곳에선 케케묵은 곰팡이 냄새와 술 냄새가 뒤섞여 역한 분위기를 연출하고 있었다.

태하는 백팩과 케리어 두 개에 가득 채우고도 모자라 여행용 배낭까지 꽉꽉 들어찬 돈을 지하실 테이블에 올려놓으며 말했다.

쿵!

"어이쿠, 힘들어! 이렇게 많은 현금을 들고 다니는 것도 처음이군."

"왔군……."

"무슨 잘생긴 얼굴이라고 보재? 돈 따기도 바쁜데 말이야."

"…재주가 좋더군. 전문 도박사인가?"

그의 질문에 태하는 심드렁하게 답한다.

"뭐, 그렇다고 볼 수도 있고."

"그렇다면 잘 되었군. 나와 함께 포커 한 판 치는 것이 어떤가?"

태하는 암산에 의한 확률로 포커의 판을 점치고 있었는데, 이것은 자신 스스로가 직접 포커를 쳐도 상대방의 패를 모두 읽을 수 있다는 소리였다.

그렇기 때문에 태하가 이곳의 보스 페르난드와 정정당당히 1대1로 포커를 친다면 반드시 승리할 것이다.

하지만 이런 판에선 상식이 통하지 않는다.

뒷골목 도박판에선 사기와 속임수들이 난무하기 때문에 어지간한 기술을 갖지 않고선 도저히 돈을 딸 수가 없다.

한마디로 일반인이 이곳에 들어온 이상, 빈털터리가 되거나 반병신이 되어서야 나갈 수 있다는 소리다.

그러나 애석하게도 태하는 일반인이 아니었다.

"좋아, 그럼 이렇게 하지. 돈을 먼저 다 잃는 사람의 발모가지를 잘라 버리기로. 어때?"

"큭큭! 바라던 바다!"

태하는 자리에 엉덩이를 붙이고 앉았다.
"자, 그럼 어디 패 한 번 쪼아보자고."
"게임은 어떤 것으로?"
"세븐 포커도 좋고 바둑이도 좋고."
"그래, 좋다. 세븐으로 하지. 어이, 여기 포커 좀 가지고 와!"
"예, 알겠습니다."
이윽고 페르난도의 부하들이 포커를 가지고 나온다.
촤라라락!
곧장 카드를 섞기 시작하는 페르난도
그 손놀림이 가히 기술자라고 할 만했다.
태하는 그런 그의 손에 들려진 카드를 내공심법을 통해 투시하기 시작했다.
스스스스스—
혹시나 하는 마음에 카드를 투시해보니 형광물질이 발라진 카드가 맞는 것 같았다.
'별 더러운 짓은 다 하는군?'
형광물질은 적외선 카메라로 보면 그 패가 다 드러나는 기능이 있는 카드다. 한마디로 태하가 이놈과 함께 포커를 쳐서 돈을 딸 수 있을 리가 없다는 소리였다.
'후후, 재미있는 놈들이네.'
하지만 태하는 이미 이들을 자신의 손바닥 위에 놓고 있는 부처와 같은 입장이다. 오늘 이들은 포커판이 어떻게 뒤집히는지 똑똑히 보게 될 것이다.

태하는 슬그머니 미소를 지으며 판에 집중하기 시작했다.

타악, 타악, 타악!

세 장의 카드가 돌아가자, 태하는 곧장 그의 패부터 확인했다.

'스페이드로 3, 6, 킹이라… 플러시가 나올 확률이 크군.'

태하의 패는 지금 각기 다른 문양의 카드 A, 5, 9를 쥐고 있었는데, 아무래도 초반부터 운이 조금 갈린 것 같았다.

그러나 애초에 태하는 이 도박판에서 이기는 것이 목적은 아니었다.

"풀 배팅."

촤락!

"오호, 초반부터 판돈을 마구 올리시겠다?"

"빨리 끝내고 돌아가는 편이 좋지 않겠어? 돈 쓰기도 바쁜데."

"크크, 그렇게 죽고 싶다면야."

두 사람은 판돈을 거는데 상한이 없는 이번 판에서 무려 1억에 상응하는 돈을 판 위에 올렸다.

그리곤 곧바로 돌아가는 판.

태하는 단 한 판으로 이 모든 것들을 뒤집어버릴 생각이다.

'A, 5, 9, 퀸이라니. 평소와 같으면 게임을 접어야 할 판이군.'

각기 다른 문양의 카드 숫자가 저렇게 이어지지 않고 뚝 떨어져 있으면 이른바 '개패'라고 할 수 있다.

하지만 태하는 이번에도 쉬지 않고 판돈을 올렸다.

"7만!"

"…진심인가?"

"그럼 내가 지금 이 판에서 농담이나 하자고 여기까지 온 것 같나?"

"후후, 뭐, 그렇다면야."

그 역시 7만 유로를 배팅했고, 태하는 여기에 14만 유로를 더 올렸다.

촤락!

"14만!"

"미쳤군. 이번 한 판에 모든 것을 끝낼 생각인가?"

"그렇다. 담이 작으면 아무것도 할 수 없는 법이지. 죽고 싶다면 지금 접으면 된다."

"흥! 14만, 받겠다!"

촤락!

이윽고 다시 돌아가는 판, 이번 카드를 받은 태하는 진짜 패가 좋지 않다는 것을 느낀다.

[A, 3, 5, 9, Q]

'아주 제대로 죽 쑤었군. 후후, 좋아!'

태하는 이제 자신이 가지고 있던 돈을 모두 밀어 넣었다.

촤락!

"풀 배팅! 올 인이다."

"올 인이라… 후회하지 않을 자신 있나? 발모가지가 날아가는데? 조심하는 편이 좋지 않겠어?"

"남의 발모가지 걱정하지 말고 네 발모가지나 걱정해라."

"후후, 역시 입이 걸어. 그 점 하나는 마음에 드는군."

"미친놈, 이제 더 이상 나를 좋아하지 않게 될 것이다."

이제 태하는 패를 뒤집어 보지도 않고 게임에 임하기로 한다.

"돈을 다 걸었으니 패만 받아 보도록 하지."

"좋다."

탁탁, 탁탁!

곧이어 두 장의 카드가 추가로 셔플되었고, 태하는 그것을 뒤집지도 않은 채 그를 바라본다.

"패가 좋군. 그쪽은 어떻지?"

"후후, 네놈이 패가망신하는 소리가 여기까지 들리는 것 같군."

그가 잡은 패는 K가 세 장, 3이 두 장으로 '풀하우스'가 나왔다.

포커를 구성하는 거의 모든 패들 중에서 상급에 속하는 풀하우스가 나왔다는 것은 이번 판에 목숨을 걸어도 된다는 소리다.

하지만 태하는 초반부터 운이 좋았던 그가 오히려 운이 나쁜 놈이라고 생각했다.

"운이 나쁘군."

"뭐라?"

"패가 고작 그래서 이번 판 먹을 수 있겠나?"

"…개소리도 유분수지, 아주 별 미친 소리를 다 하는군. 입 다물고 이젠 패나 좀 보자고. 내가 먼저 뒤집는다."

"좋을 대로."

그는 의기양양한 표정으로 패를 뒤집는다.

"K풀하우스! 하하, 이번 판은 내가……."

"잠깐!"

태하는 손을 뻗어 배팅된 돈을 쓸어 가져가려는 페르난드의 손을 잡았고, 다른 손에선 천마신공의 기운을 흘렸다.

스스스스스스—!

그리고 그는 건곤대나이의 심결로 카드를 순식간에 바꾸어 버렸다.

팟!

찰나의 시간.

태하는 건곤대나이의 심결로 이 테이블에 놓여 있던 카드를 모두 끌어당긴 후, 거기서 필요한 것만 추려냈다.

하지만 그 모습이 워낙 빨랐기 때문에 평범한 인간은 미처 그것을 인지할 시간도 없었을 것이다.

이윽고 태하는 바닥에 패를 뒤집어 놓았다.

10, 10, 10, 10

"10 포카드!"

"허, 허억!"

패가 중구남방으로 마구 튀어 있던 태하의 손에 10 네 장이 들어갔다는 것은 도저히 있을 수 없는 일이었다.

포커에서 가장 높은 패는 로열 스트레이트 플러시, 즉 스페이드 문양에 A, 10, J, Q, K가 들어 있는 패다.

그 다음으로 높은 패가 바로 포카드인데, 같은 숫자의 카드가 네 장 모두 모인 경우다.

물론, 룰마다 다르긴 하겠지만 포카드는 가장 높은 패이거나 두 번째로 높은 패로 친다.

일이야 어찌되었건 지금 이 상황엔 어떤 룰을 적용해도 태하가 무조건 이겼다고 볼 수 있었다.

순간, 페르난도는 판을 뒤엎으며 외쳤다.

쾅!

"이런 개새끼를 보았나?! 어디서 감히 사기를 쳐?! 어이, 이 새끼 잡아! 칼로 회를 떠주마!"

"사기? 어째서 내가 사기를 쳤다고 생각하는 것이지?"

"뭐, 뭐라?"

"그렇지 않나? 내가 사기를 쳤다는 증거가 도대체 어디에 있다는 건가?"

태하는 손가락으로 야간 투시경이 달린 CCTV를 손가락으로 가리키며 말했다.

"혹시 저것이 나를 감시하고 있었던 것인가?"

"……!"

화들짝 놀라는 페르난도, 하지만 그는 애초에 페어플레이에 대한 것은 안중에도 없는 사람이었다.

"흥! 닥쳐라! 죽여주마!"

그는 태하의 복부를 향해 칼을 찔러 넣었고, 태하는 실소를 머금었다.

"훗, 괜한 힘을 빼게 만드는군."

순간, 태하는 나한천수를 출수하여 그의 칼을 교묘하게 빼앗았다.

타다닥, 휘릭!

"허, 허억!"

"회를 뜬다라… 좋아, 오늘 너희 배에서 회처럼 질긴 식감이 날 때까지 두들겨 패주마!"

태하는 두꺼운 잭나이프를 한 손으로 우그러뜨리더니, 이내 그들을 향해 달려들었다.

* * *

뒷골목 최고의 주먹이라 불리던 페르난드는 마피아 중에선 드물게도 주먹 하나로 수뇌부까지 올라간 사람이다.

그가 지금 앉아 있는 자리에 오르기까지 1대1로 겨루어 지금까지 이긴 사람은 아무도 없었고, 행여나 상대가 칼을 든다고 해도 걱정이 없었다.

그는 영국 뒷골목에서 맨몸으로 10 대 1의 칼싸움에서 생존한 진짜배기 칼잡이였기 때문이다.

하지만 지금 페르난드의 앞에 있는 이 사내는 그가 도저히 어쩔 수 없는 상대였다.

"겸손함은 그 사람의 자산이다. 그것을 뼈가 저리도록 깊이 새겨주마!"

콰앙!

그가 손을 한 번 뻗을 때마다 붉은색 기운이 뻗어 나왔고, 단 일격에 열 명이 넘는 부하들이 나가 떨어졌다.

"쿨럭!"

"우웨에에엑!"

"쯧, 그렇게 맷집이 약해서 어디에 쓰겠나? 다시 일어서라."

그는 바닥에 납작 엎드려 있던 열 명의 조직원에게 다가가 발길질을 했는데, 신기하게도 한 번 발길질을 할 때마다 마치 몸이 바닥에서 튕겨 나오듯 일어서게 되었다.

퍼억!

팟!

"허, 허억!"

"그래, 아직 군기는 살아 있군."

그리고 다시 이어지는 구타.

퍽퍽퍽퍽!

"어흑, 억, 으윽!"

그는 발로 상대방의 발을 꾹 눌러놓은 후, 상대방을 사정없이 두들겨 패는 것을 즐기는 것 같았다.

심지어 사방으로 피와 살점이 튀어 날아다녔지만 그는 아랑곳하지 않았다.

"……."

페르난드는 태어나 처음으로 극도의 불안과 공포감이라는 것에 사로잡혀 버렸다.

그는 몸이 경직되어 팔을 들어 올릴 수조차 없었으며, 긴장

감으로 인해 식은땀이 미친 듯이 쏟아져 내리고 있었다.

사내는 그런 그를 보며 물었다.

"어이, 뭘 그렇게 떨고 있어? 아까의 그 기백은 다 어디로 간 거야?"

"그, 그건……."

그는 페르난드의 멱살을 잡더니 이내 190㎝나 되는 거구를 한 손으로 번쩍 들어올렸다.

꽈드드득!

"허, 허어억!"

"사람은 사람답게 행동할 때 사람대접을 받는 것이다. 알겠나? 너는 오늘 나에게 하지 말았어야 했을 행동을 하고 만 것이다."

이윽고 그의 주먹이 페르난드의 얼굴을 냅다 후려갈겼다.

빠악!

"크헉!"

페르난드는 그의 주먹이 과연 어디서부터 날아왔고, 어디로 사라지는지 전혀 눈치챌 수 없었다.

게다가 주먹이 얼마나 매서운지, 마치 콘크리트로 만든 망치로 얼굴을 얻어맞는 느낌이 들었다.

겨우 한 대 맞았을 뿐인데 두개골이 흔들리다 못해 깨질 것 같은 고통이 들었다.

그제야 페르난드는 상대방을 아주 제대로 잘못 건드렸다는 생각이 들었다.

'이놈은 사람이 아니야……!'

공포로 물든 페르난드의 바지가 점점 뜨거워지더니, 이내 노란 물이 쉴 새 없이 흘러나왔다.

쏴아아아아—!

인간은 극도의 공포감을 겪을 때 방광에 힘이 풀려 곧바로 오줌을 지리게 된다.

페르난드는 평생에 한 번 찾아올까말까 한 그런 악몽 같은 순간을 지금 마주하게 된 것이었다.

사내는 페르난드의 눈을 바라보며 말했다.

"살고 싶나?"

"…무, 물론입니다!"

"그렇다면 내가 제안을 하나 하지."

"마, 말씀만 하십시오! 무엇이든……!"

"혹시 스파이라는 단어에 대해 들어본 적이 있나?"

"스파이라면……."

"그래, 첩자 말이다."

그는 페르난드에게 핸드폰을 하나 건네며 말했다.

"들어봤나? 대포폰이라는 것 말이다."

"아, 알고 있습니다."

"이건 어지간한 회선 추적으론 뒤를 밟을 수도 없는 핸드폰이다. 이것을 가지고 있다가 내가 시키는 지령에 따라 움직여라. 만에 하나 내 명령을 무시하거나 어겼다간……."

"아, 알겠습니다!"

이윽고 그는 뒤돌아서 도박장을 나섰고, 페르난도는 그 자리에 털썩 주저앉고 말았다.

* * *

영국 맨체스터에 위치한 PK호텔 스위트룸, 이곳은 핫산이 소유한 영국발 자산 가운데 가장 비싼 자산중 하나다.

맨체스터에서 세 번째로 큰 PK호텔은 각국의 유명인사는 물론이고 영국 왕실의 손님들도 가끔 묵어가곤 한다.

태하는 이곳 스위트룸에 머물며 BSC홀딩스의 흩어진 지분을 모으기로 했다.

삐비빅, 삐비빅—

PK호텔 스위트룸.

팩시밀리가 긴 종이들을 뽑아내고 있었다.

라일라는 종이들에 적혀 있는 내용을 끝까지 확인한 후, 그것의 끄트머리에서 종이를 절삭했다.

부우욱!

"다 나왔습니다."

"그래? 어디 한 번 보지."

태하는 어제 페르난드를 거의 반쯤 미쳐버린 상태로 만들어 버렸다.

그는 페르난드의 정신력을 흐트러뜨리기 위해 살기를 이용했다.

평범한 무인이 뿜어내는 살기는 일반인이 감당해내기 힘들 정도로 강력한데, 더군다나 그런 살기를 마음대로 조종할 수 있는 태하가 오로지 한 대상을 향해 공략한다면 정신을 지배할 수도 있다.

지금 페르난드는 태하가 시키는 일이라면 죽는 일 말고는 전부 다 실행할 것이다.

태하는 에이마르 홀딩스가 사모펀드의 주식들을 과연 어떻게 분산시켜 두었는지도 파악하라고 지시했다.

또한 BSC홀딩스의 지분은 어떤 구조로 분산되었는지 확인하도록 지시하기도 했다.

그러자 페르난드는 태하가 시키는 대로 아주 착실하게 차트까지 만들어 팩스로 조사한 자료를 보내왔다.

리처드는 대략 10명의 조직 수뇌부에게 사모펀드의 주식을 이양시켜 두었는데, 이것을 수거하는데 대략 일주일에서 열흘 정도 걸릴 것으로 예상되고 있었다. 그리고 BSC홀딩스의 주식은 총 15명의 중간보스에게 증여되어 있다는 것을 알 수 있었다.

태하는 페르난드가 보낸 명단을 바라보며 라일라에게 말했다.

"우선 BSC홀딩스의 주식부터 회수하도록 하지. 이놈들의 소재를 파악할 수 있겠나?"

"경찰에 연줄이 있습니다. 핸드폰 위치추적을 한다면 금방 잡을 수 있을 겁니다."

"좋아, 그럼 지금 당장 이 모든 사람의 위치를 추적해서 나에게 보고할 수 있도록 해주게."

"예, 알겠습니다."

라일라는 특수부대에 몸을 담았던 만큼 각계각층에 인맥을 쌓고 있었기에 어지간한 일은 힘들이지 않고 처리할 수 있었다.

핫산이 그녀를 실장직까지 올렸던 것은 모두 그녀의 이러한 능력 때문이었던 것이다.

태하는 빠르게 BSC홀딩스를 되찾아 에이마르 홀딩스를 인수할 생각이다.

'남의 재산을 가지고 장난을 치다니, 이대로 그냥 넘어가지는 않을 것이다!'

지금 그의 집안이 이렇게까지 풍비박살 난 것도 전부 이들의 소행이니, 태하는 이것을 그대로 되갚기로 결심했다.

그는 복수의 칼날은 에이마르 홀딩스의 모든 이사들을 향할 것이다.

* * *

그날 저녁.

태하는 라일라가 가져다 준 차트를 받아들었다.

"놈들의 동선을 파악한 차트입니다. 이 정도면 언제 어디를 가는지 정도는 대략 파악할 수 있을 것 같습니다."

"수고했다."

라일라는 확실히 일에 대한 처리가 깔끔했기 때문에 무슨 자료를 가져다주던 신뢰가 갔다.

태하는 차트를 받아서 읽어보려다 불현듯 그녀가 왜 자신을 따르고 있는 것인지 궁금해졌다.

"이봐, 라일라."

"네, 보스."

"그런데 자네들은 왜 나 같은 사람을 따라다니는 것이지? 핫산처럼 부자에 신분도 깔끔하지 못한데 말이야."

그녀는 대수롭지 않게 답한다.

"아름다웠습니다."

"…뭐라고?"

"당신의 그 무지막지함에 아름다움이 숨어 있었습니다. 그래서 따라나서기로 마음먹은 겁니다."

"……."

태하는 도대체 그녀에게 무슨 말을 해야 할지 몰라 잠시 머뭇했다.

그러자, 그녀가 알아서 대화를 끊어버렸다.

"아무튼 가장 먼저 공략하실 대상을 말씀해 주십시오. 저희가 알아서 처리하겠습니다."

"…아니야, 내가 하지."

그녀의 폭탄발언(?)에 정신이 혼미해졌던 태하가 가까스로 정신을 차렸다.

"놈들은 내 가문을 파탄에 이르다 못해 사망의 골짜기에 밀어버린 놈들이다. 철저히 복수해야지."

"알겠습니다. 그럼 저희들은 앞으로 보스께서 회사를 인수하실 일에 차질이 없도록 준비하도록 하겠습니다."

"그래주게."

태하는 이제 하나하나 암세포들을 제거해 나갈 준비를 했다.

*　　*　　*

늦은 밤.

폭력조직 제노니스의 중간보스 네 명은 빅벤의 한 지하밀실에서 술판을 벌이고 있었다.

"하하하, 마셔!"

"좋지!"

꿀꺽, 꿀꺽!

이들은 지금 돈을 방석처럼 깔아놓고 클럽에서 데리고 온 여자들에게 그것을 마구 뿌리고 있었다.

"돈 벌고 싶다고 했나?"

"네!"

"그럼 나를 잘 모시는 것이 좋아!"

돈의 맛에 중독된 사람은 도저히 그것을 끊을 수 없어 점점 더 깊이 중독되어 간다.

이것은 마약과 비교할 수도 없고 섹스 중독같이 쾌락주의에 빠진 사람들보다 더 심각한 중독 증상을 보인다.

이 네 명도 제노니스가 에이마르 홀딩스를 완전히 장악하면서 돈방석에 앉은 사람들이었다.

리처드는 처음 에이마르 홀딩스에 들어가면서 이들에게 사모펀드의 주식 5%를 나누어주었다.

처음엔 그저 사모펀드의 무게중심을 분산시킨다는 명목으로 주식을 나누어주었지만, 나중에는 그것이 증여로 되어버렸다.

때문에 그들은 지금 엄청난 배당금으로 인해 매일을 이렇게 왕처럼 술파티를 벌일 수 있었던 것이다.

"후우, 소변이 마렵군. 놀고들 있어. 물 좀 빼고 올게!"

"그래, 다녀오라고."

제노니스의 수뇌 중 한 명인 제론은 원래 일본과 마약 무역을 통해 점차 세력을 넓히던 사람이었다.

스스로도 꽤 큰 세력을 가지고 있던 그였지만 제노니스의 비전을 보고 스스로 이곳에 들어왔던 것이다.

그는 돈에 관해선 거의 미친 사람처럼 집착하는 경향이 있었는데, 돈을 쓰는 데엔 전혀 거리낌이 없는 이중인격자다.

아마도 그는 돈을 쓰는데 쾌락을 느끼는 돈 중독이라, 그렇게 지독하게 돈을 모으는 모양이었다.

"딸꾹! 술이 달구나!"

그는 자신들과 그의 동료 세 명이 만든 지하밀실에 마련된 화장실로 가 소변을 보았다.

쏴아아아아—

하지만 바로 그때, 그의 등골로 서늘한 기운이 스쳤다.

"으으……!"

그는 단순히 물이 빠지면서 체온이 내려가 그런 줄 알았지만, 그것은 크나큰 착각에 불과했다.

"어이, 제론."

"…누, 누구냐?!"

"네 친구들은 지금 어디에 있지?"

"뭐, 뭐하는……."

"뭐하는 놈인지는 나중에 자세히 알려주겠다. 나머지 세 명은 지금 어디에 있나?"

철컥.

그는 제롬의 등짝에 길이 1미터가 넘는 검을 가져다 댔고, 그 날은 서서히 옷을 파고들고 있었다.

그러다 결국 그의 등은 칼에 찔려 피가 나기 시작했다.

푸욱.

"허, 허어억!"

"좋은 말로 할 때 이실직고하는 편이 좋을 거다. 놈들은 지금 어디에 있나?"

"그, 그건……."

푸우우욱!

"크허어억!"

"차가울 텐데?"

"아, 알겠다! 말하겠다!"

"후후, 진즉 그럴 것이지."

"지금 나와 함께 지하에서 술을 마시고 있다."

"오호, 그래?"

"그러니……."

퍼억!

사내는 말을 맺자마자 그를 기절시켜 버렸고, 그를 자루에 잘 담아 질질 끌고 건물을 나섰다.

*　　*　　*

같은 시각, BSC홀딩스의 주주이자 제노니스의 또 다른 중간보스 네 명은 맨체스터 외곽의 한적한 오솔길을 달리고 있었다.

부아아아아앙—!

그들은 전부 하나같이 손발이 묶인 채로 차에 타 있었는데, 눈에는 안대가 씌워져 있었다.

"…빌어먹을! 이러고도 살아남을 성 싶은가?!"

"그거야 두고 볼 일이고."

이 네 사람을 끌고 가는 사람은 다름 아닌 라일라.

그녀는 그 누구의 도움도 없이 오로지 혼자서 네 명의 사람을 납치했다.

처음에 이들은 라일라의 아름다운 외모에 현혹되어 설마 하는 마음을 가졌었지만, 실제로 그녀를 겪어보고 나니 그것이 아니라는 것을 깨달았다.

"도대체 나에게 왜 이러는 거냐! 원하는 것이 뭐야?"

"그건 나중에 나와 함께 가보면 안다. 그러니 죽기 싫으면 아가리 닥치고 있는 것이 좋아."

"……."

라일라는 특수부대에서 갈고 닦은 거친 입담으로 그들을 한 방에 잠재우곤 이내 계속해서 차를 몰았다.

그리고 도착한 작은 농장, 이미 이곳에는 태하를 비롯한 에밀리아와 멜리사가 도착해 있었다.

"내가 늦었군."

영국 각지에서 잡혀온 이들은 전부 폭력조직 제노니스의 중간보스였다.

이들은 전부 같은 소속이라는 공통점이 있었지만 그것 말고도 또 하나의 공통점이 있었다.

그것은 바로 BSC홀딩스의 지분을 나누어 가지고 있다는 점이었다.

라일라는 농장의 창고 문을 열었고, 그 안에 들어 있던 총 11명의 주주가 일제히 고개를 돌렸다.

끼이이익—

"제, 제론?!"

"마이클!"

전부 다 아는 얼굴들이기에 반가운 마음이 들면서도 어처구니없다는 생각이 드는 것 같았다.

하지만 이제 곧 그 어처구니없다는 생각이 공포로 바뀔 것이다.

라일라는 태하에게 다가가 고개를 숙였다.

"데리고 왔습니다."

"수고했다. 이제 내가 알아서 하겠다."

"예, 보스."

이윽고 태하는 그녀를 옆으로 비켜서게 한 후, 그들에게 다가갔다.

촤락, 촤락!

그의 손에는 수지침으로 보이는 침이 한 통 쥐어져 있었는데, 전부 길이가 10㎝ 이상은 되는 것 같았다.

"너희들에게 선택지를 주겠다. 지금 나에게 협조한다면 험한 꼴을 당하지 않고 외국으로 나가 편하게 살 수 있을 것이다. 하지만 그와 반대로 행동한다면, 그 끝은 나도 장담할 수가 없다."

"…이게 무슨 개수작이냐? 도대체 넌 누구야? 누군데 이런 미친 짓을 벌이는 것이냐?!"

"그것까지 너희들이 알 필요는 없다. 어차피 이번 일이 끝나면 네가 죽든 살든 다시는 나를 볼 일이 없을 테니까."

말을 맺은 태하는 특이한 노래를 부르며 손가락으로 그들을 차례대로 가리켰다.

"어느 놈을 고를까요, 알아맞춰 봅시다, 딩동댕동!"

"그건 무슨 노래입니까?"

"있어, 그런 것이."

태하는 이윽고 제론을 가리켰고, 그 즉시 그에게 다가가 수지침을 놓기 시작했다.

툭, 툭, 툭.

그러자, 그의 몸이 괴상하게 뒤틀리며 갑자기 식은땀을 마구 흘리기 시작했다.

뚜두두둑!

"으윽, 끄으윽, 끄에에에엑?!"

"뭐, 뭐야?! 왜 저래?!"

"약발이 제대로 오르고 있군. 멜리사, 그 녀석을 데리고 와."

"…꼭 이렇게까지 해야겠습니까?"

"별수 없어. 이놈들이 내가 어떤 사람인지 잘 모르잖아. 그래서 내가 어떤 사람인지 보여줘야 할 것 같아서 말이야."

멜리사는 썩 마뜩찮은 표정으로 창고를 나섰고, 그에 맞춰 제론은 갑자기 얼굴이 빨개져 두 여인을 바라봤다.

"허억, 허억! 이, 이리와……!"

"…저질이군."

그의 아랫도리는 아주 빳빳하게 고개를 쳐들어 바지 끝이

봉긋하게 올라 서 있었고, 제론은 마치 미친 사람처럼 성을 갈구하고 있었다.

태하는 그런 그를 가리키며 말했다.

"저놈은 일종의 흥분 상태가 되어 있다. 조금 어려운 말로 하면 양기가 음기를 서서히 잠식하고 있는 상태이지. 전문용어로는 '음혈'을 점혈당했다고 한다."

"…이 새끼가 지금 뭐라고 하는 거야?"

"그래, 지금은 그렇게 여유롭게 웃음이 나오겠지. 하지만 저 음혈이 얼마나 충격적이고 더러운 것인지 알게 된다면 그런 소리가 쏙 들어갈 것이다."

이윽고 멜리사는 암퇘지 한 마리를 데리고 우리 안으로 들어왔다.

"꾸울, 꾸울……."

"허억, 허억!"

서서히 눈이 뒤집혀 가는 제론, 태하는 그런 그를 바라보며 말했다.

"아마 지금 이 끓어 넘치는 성욕을 해결하지 못하면 양기가 터져 죽을 것이다. 온몸에 있는 혈맥이 다 녹아버려 더 이상 살아갈 수 없는 상태가 되고 마는 셈이지."

"……?"

"아아, 그게 어떤 상태냐고? 잘 봐."

고개를 갸웃거리는 그들, 하지만 그 의문점은 아주 큰 충격으로 인해 해결된다.

"쿨럭, 쿨럭! 끄아아아아악!"

성욕을 해결하지 못한 제론은 거의 미쳐 날뛰다가 이내 피를 토하기 시작했고, 그의 온몸에선 검붉은 피가 미친 듯이 뿜어져 나왔다.

푸슉, 푸슉!

"어때? 이제 좀 이해가 가지?"

"…이, 이런 미친?!"

"하지만 지금 당장 저 성욕을 해결하게 된다면? 당연히 살아날 가능성도 있겠지. 하지만……."

"꾸울, 꾸울……."

"……!"

"저놈에게 허락된 암컷은 저 돼지 한 마리뿐이다. 자, 이제 내가 왜 끔찍한 일을 겪게 될 것이라고 말했는지 알겠지?"

태하는 눈이 돌아가고 있는 제론에게 물었다.

"자, 어때? 저 암퇘지라도 주랴?"

"사, 상관없다! 제발, 제발!"

"후후, 그래. 종을 초월한 사랑이라니, 엄청난 박애주의자군!"

이윽고 태하는 그의 손과 발을 풀어주었고, 세 명의 여자는 창고를 나서도록 했다.

그러자, 그는 암퇘지에게 미친 듯이 달려들었다.

"허억, 허억… 이리 와! 이리 오라고!"

"꾸울, 꾸울, 꾸울!"

"……!"

차마 인간으로선 도저히 눈을 뜨고 쳐다볼 수 없는 광경.

태하는 그제야 그의 몸에서 침을 빼 주었다.

그러자, 그는 이내 다시 정상으로 돌아왔다.

"흐어어어……."

"하마터면 돼지와 만리장성을 쌓을 뻔했군."

"……."

"자, 어때? 이래도 내가 장난을 치는 것 같아?"

"…원하는 것이 뭐냐?"

"후후, 말했을 텐데? 너희들이 가진 지분을 원한다고. 그것만 내어놓으면 외국으로 내보내주겠다. 어떤가? 할 만하지 않아?"

"……."

이들에게 남은 선택지는 이곳에 왔을 때부터 없었다.

3. 함정

며칠 후.

에이마르 홀딩스는 너무나 황당한 일을 겪게 되었다.

BSC홀딩스의 지분 20%를 각각 나누어 가진 중간보스들이 며칠 사이에 감쪽같이 사라져 버린 것이다.

그리고 그 지분들은 모두 한 사람에게 명의가 이전되어 버렸다.

"BSC대주주……?"

제노니스의 보스 리처드 라이너슨은 뜬금없이 명의가 이전되어버린 것도 모자라 그 명의자가 대주주라니, 이게 도대체 무슨 말인가 싶었다.

그의 궁금증을 해결해 줄 사람이 나타났다.

"아버지, 아무래도 소문이 사실인 것 같습니다."

"무슨 소문 말이냐?"

"케인의 아들이 살아 있다는 것 말입니다."

"뭐라? 케인의 아들이?"

"예, 그렇습니다. 들으셨는지 모르겠습니다만, 지금 놈이 요크셔 지방에 있는 한 요양원에 있다고 합니다."

"흐음……."

"아무래도 그놈과 이번 일이 관련 있지 않겠습니까?"

지금까지 그가 조직을 운영하면서 이런 일이 일어난 적은 결단코 한 번도 없었다.

리처드의 신경은 이제 날카로워질 대로 날카로워져 버렸다.

"…케인의 아들이 살아 있다?"

"예, 아버지."

"좋다. 일단 그놈을 잡아 족쳐 보면 뭔가 나와도 나오겠지."

"안 그래도 그쪽으로 히트맨들을 보냈습니다. 아마 조만간 소식이 오겠지요."

"흐음……."

"조금만 기다려주십시오. 곧 일이 해결될 겁니다."

"그래, 알겠다."

지금 리처드는 2세 경영을 위한 후계 구도 확립에 나서는 중이었다.

열 명의 수뇌부에게 나누어주었던 주식을 천천히 회수하면서 BSC홀딩스에 위탁했던 건물들도 다시 반환하려고 움직이고 있었다.

그런데 갑자기 BSC홀딩스가 문제를 일으키면 에이마르 홀딩스는 악화일로를 걷게 될 것이다.

"최대한 빠르게 일을 처리하는 것이 중요하다. 알겠느냐?"

"예, 아버지!"

이윽고 그는 리처드의 방을 나섰고, 리처드는 그런 아들을 바라보며 흐뭇하게 웃었다.

"적당히 잔인하고 위계질서도 확실하고… 그래, 역시 후계수업이 효과가 있는 모양이군."

그는 망나니였던 아들이 다시 사람이 되는 것 같아서 기분이 좋았다.

원래 다니엘은 하루가 멀다고 사람을 패고 범죄를 일삼으면서도 후계 구도에는 전혀 관심이 없었다.

하지만 요즘은 철이 들어버린 것인지, 아버지에게도 깍듯하고 조직의 일에도 적극적이었다.

이대로 시간이 흐른다면 제노니스는 분명 글로벌 기업으로 성장할 수 있을 것이다.

그는 든든한 마음으로 다시 집무에 빠져들었다.

*　　　*　　　*

요크셔 에인스 요양원.

이곳은 원래 케인이 안전 가옥으로 마련해 두었던 비밀 산장이었다.

하지만 얼마 전, 태하가 이곳에 위조 등기를 올렸고, 임시로나마 요양원으로 탈바꿈했던 것이다.

말이 좋아 요양원이지, 지금 이곳엔 이렇다 할 편의 시설조차 마련되어 있지 않았다.

태하는 그런 에인스 요양원 입구에 진법을 설치하고 있었다.

탁탁—

십육각형의 진법 안에는 총 열다섯 개의 진석이 들어가는데, 진법에 대해 아무것도 알지 못하는 사람이 이 안에 들어가게 되면 평생 동안 진법에서 빠져나오지 못하게 된다.

설화령은 태하가 지금 짜고 있는 이 진법, 그러니까 무한연로진을 악마의 구렁텅이라고 표현했다.

이 무한연로진은 진기의 영향으로 주변 지형을 변형시키는 효과가 있는데, 일반인은 이곳에 들어가면 미로에 빠진 것 같은 착각이 들게 된다.

때론 안개가 끼거나 늪지대가 나오고, 거대한 설원 위를 걷는 등의 말도 안 되는 상황이 연출된다.

무한연로진의 가장 무서운 것은 그 안에서 벌어지는 일들이 본인에겐 전부 실제로 일어난다는 점이었다.

진기는 진법에 빠진 대상과 그 환상을 직접 연결해 주기 때문에 그에 따른 물리적 피해는 진법에 빠진 대상에게 그대로 전달된다.

한마디로 무한연로진에서 거대한 지진이나 해일을 만난다면 그것과 똑같은 물리적 타격을 받게 된다는 소리였다.

이토록 무시무시한 무한연로진이지만 세 여자가 보기엔 그저 소꿉놀이를 하는 것처럼 보였다.

"…그렇게 조약돌을 모아 놓으면 사람이 잡힙니까?"

"아직은 잡히지 않는다. 이 안에 사람이 들어가야 잡히는 것이지."

"……."

에밀리아는 도저히 못 봐주겠다며 돌아섰고, 멜리사는 딱딱하게 굳은 표정으로 일관하고 있다.

하지만 라일라는 태하의 진법을 유심히 바라보며 그 원리에 대해 물었다.

"이 안에 들어가면 사람이 나오지 못하게 된다고 말씀하셨습니다. 그 원리는 무엇입니까?"

태하는 진석을 가지런히 놓으며 답한다.

"이 땅에는 수많은 갈래의 진기가 흐른다. 그것은 때론 땅의 기운이 될 수도 있고, 물의 기운이 될 수도 있지. 진법은 그 무한한 갈래의 진기를 재배열하여 새로운 현상을 만들어 내는 술법이라고 할 수 있어."

"으음, 그렇군요."

아마 라일라는 진법에 대하여 채 절반도 이해하지 못하고 있을 것이다.

하지만 태하가 만들어둔 그 무엇이라도 그녀에겐 진귀한 광경이 되어가고 있었다.

마침내 태하가 진법을 모두 완성시켰다.

"후우, 다 되었군."

"수고하셨습니다."

"다시 한 번 경고하는데, 이곳으론 절대 한 발자국도 들여선 안 돼. 내 말 이해하지?"

"예, 보스."

지금 그녀들은 태하의 말을 전혀 이해하지 못했지만, 조만간 그 뜻이 과연 무엇인지 이해하게 될 것이다.

*　　　*　　　*

늦은 오후, 환자복을 입은 태하는 거의 다 죽어가는 걸음으로 산책을 하고 있었다.

"으으……."

태하는 일부러 그들에게 요크셔 지방에 있는 요양원에 BSC홀딩스의 대주주 미카엘이 있다고 정보를 흘렸는데, 그 정보는 페르난드를 통해 삽시간에 퍼져나갔다.

때문에 지금 이곳으로 무려 150명이 넘는 히트맨이 달려오고 있었다.

아마 그들은 지금 BSC홀딩스의 지분이 사라진 것이 태하의 사주라고 생각하고 있기 때문에 독이 바짝 올랐을 것이다.

만약 진법을 이용해 저들을 잡는다면, 지금보다 더 좋은 기회는 아마 없을 것이다.

거의 다 죽어가는 사람인 척 골골거리던 그의 귓가에 라일라의 음성이 들렸다.

—치익, 보스. 지금 놈들이 요양원으로 들어오고 있습니다.

"그래? 알겠다."

이제 태하는 자신의 위치를 일부러 노출시키기 위해 있는 힘껏 기침을 해대고 소리도 지른다.

"쿨럭, 쿨럭! 아이고, 폐야!"

미카엘 엑트린의 얼굴은 이미 페르난드를 통해 조직 전역에 퍼져나간 상태였다.

아마 히트맨들이 그를 가시거리에서 발견한다면 당연히 알아볼 수 있을 것이었다.

잠시 후, 그의 기침소리와 목소리를 듣고 무려 150명이나 되는 히트맨이 모습을 드러냈다.

"이 근방에 있는 것이 틀림없습니다."

"…놈, 오늘이야말로 엑트린 가문의 씨를 말려주마!"

지금까지 제노니스는 도대체 수를 헤아리기도 힘들 정도로 수많은 실패를 경험했다.

그것도 다름 아닌 케인, 단 한 사람을 잡지 못해 지금까지 계속 물을 먹어왔던 것이다.

그런데 그들의 눈앞에 그의 아들이 떡하니 나타나다니, 아주 수지가 맞았다고 무릎을 칠 것이 분명했다.

하지만 태하는 좀처럼 그들의 손에 잡히지 않았다.

"쿨럭, 쿨럭!"

"저기 있습니다!"

파바밧!

"어엇? 숲으로 들어갔습니다!"

"…잡아라!"

태하는 외길 오솔길을 따라 신속하게 보법을 밟았고, 이내 천마군영보를 전개하여 나무 위로 올라갔다.

텁, 파바바밧!

마치 거미처럼 나무에 발이 딱 달라붙어 꼭대기까지 올라선 태하는 자신을 뒤쫓던 마피아들을 내려다봤다.

"젠장! 놈이 어디로 간 것이지?!"

"왼쪽과 오른쪽으로 나누어 수색한다!"

"예, 보스!"

이제 태하는 그들의 바로 뒤편으로 뚝 떨어져 내리고는 소리쳤다.

파밧!

"쿨럭, 쿨럭! 아이고, 폐야!"

"저, 저놈이?!"

"이크! 당신들은 누구입니까?!"

"누구긴, 네놈을 잡으러 온 사신이다!"

철컥!

주머니에서 총을 꺼내드는 마피아들. 하지만 그에 맞춰 라일라가 5,000cc 배기량의 허머를 끌고 나타났다.

부아아아앙!

"타십시오!"

"타이밍이 아주 기가 막히군!"

태하는 그 즉시 허머에 몸을 실었고, 마피아들은 그를 잡기 위해 권총을 난사했다.

탕탕탕탕!

하지만 권총의 탄알은 허머의 바퀴와 장갑을 꿰뚫지 못하고 그대로 찌그러지기만 했다.

팅팅팅!

"젠장!"

"놈을 놓칠 것 같습니다!"

"당장 차를 타고 놈을 쫓아라! 어서!"

"예!"

뒤늦게 태하를 뒤쫓는 그들, 하지만 이미 때는 늦은 후였다.

부아아아아앙!

"놈들이 보이지 않습니다!"

"젠장! 그새 어디로 숨어버린 거지?!"

바로 그때, 편도 1차로로 되어 있는 요양원 도로 위로 낙석이 마구 떨어져 내린다.

쿠그그그그, 콰앙!

"나, 낙석?!"

"보스! 피하십시오!"

"젠장!"

자동차보다 족히 세 배는 더 큰 낙석이 떨어져 내렸고, 그것은 순식간에 마피아들의 차를 덮쳤다.

"조심하십시오!"

"이런!"

콰앙!

"크허억!"

하지만 그것은 그들만의 착각에 불과했다.

실제로 이곳에선 낙석이 떨어지지 않았고, 오로지 고요한 바람만이 불어오고 있을 뿐이었다.

태하는 멀리서 무한연로진에 빠진 그들을 바라보며 미소를 짓는다.

"후후, 걸려들었군!"

이제 저들은 태하가 진기를 거두지 않는 이상, 이곳에서 목숨을 잃거나 미쳐서 정신을 놓게 될 것이다.

* * *

짙은 안개 속, 제노니스의 중간보스 사무엘은 이 끝도 없는 안개 속을 과연 언제쯤 빠져나갈 수 있을지 알 수가 없었다.

"…이상하군. 분명 왔던 길이 맞는 것 같은데……."

지금 그의 곁에는 수많았던 부하들은 한 명도 남아 있지 않았고, 오로지 자신 혼자만의 길을 걸어가는 중이었다.

하지만 이 길에는 그 어떤 물체도 없었으며 오로지 자욱한 안개만 가득할 뿐이었다.

처음엔 그저 비가 온 후라서 그런가보다 생각했으나, 이 현상이 점점 계속될수록 불안감은 커져만 가고 있었다.

그렇게 계속해서 안개 속을 헤매던 사무엘은 문득 이 주변의 온도가 점점 낮아진다는 것을 깨달았다.

"으으, 으으으!"

이렇게 온도가 점점 낮아진다는 것은 지대가 상당히 낮거나 높다는 뜻이었다. 아마도 바람이 불지 않는 것으로 미뤄보아, 분명 이곳은 지하로 통하는 길이 틀림없었다.

"젠장! 도대체 뭐가 어떻게 되어 가는 거야?!"

그가 길을 잘못 든 것일까? 사무엘의 머릿속에선 수만 가지 생각이 교차하고 있었지만, 이렇다 할 답이 나오지는 않았다.

그리고 잠시 후, 그의 눈앞에는 상상을 초월하는 광경이 펼쳐졌다.

휘이이잉, 고오오오오오!

"누, 눈보라?!"

그의 눈앞에는 눈보라가, 그것도 도무지 한 치 앞을 분간할 수도 없을 정도로 엄청난 규모의 눈보라가 몰아치고 있었다.

아마 한 겨울에 태풍이 불어 닥친다면 딱 이런 느낌이 아닐까 싶은 사무엘이었다.

이제 그는 눈보라를 피해 온 길로 다시 되돌아갔으나, 그곳은 상태가 조금 더 심각해 보였다.

꿀렁~

"느, 늪지대?!"

머리 위로는 눈보라가, 발목에는 과연 어디까지 빠질 지 알 수가 없는 늪지대가 자리하고 있다니. 그는 이제 생명의 위협을 받기 시작한다.

"아, 안 돼! 여기서 죽을 수는 없어!"

그는 죽을힘을 다해 늪지대를 헤쳐 나갔다.

이른 아침.

태하와 라일라들은 진법에 빠져 허우적거리고 있는 150명의 히트맨을 바라보고 있었다.

"우우……."

"으으, 추워!"

"뜨, 뜨거워! 사람 살려!"

그들은 각기 다른 자연재해를 만나 고군분투를 하고 있었는데, 신기하게도 그들은 한자리에 멈추어 서서 몸이 얼었다 녹았다를 반복하고 있었다.

또한, 어떤 이는 그 자리에 서 있다가 갑자기 뼈가 부러져 피를 쏟아내기도 했다.

이쯤 되자, 에밀리아와 멜리사는 태하의 정체가 궁금해지기 시작했다.

"…보스, 보스는 정말 사람이 맞긴 합니까?"

"사람이니까 그대들과 함께 있지 않나?"

"하지만 사람이 이런 도술을 부린다는 것은 금시초문입니다만?"

태하는 실소를 흘린다.

"도술이라니, 도술은 득도의 경지에 오른 도사들이 부리는 것이고. 나는 그저 대자연의 섭리에 따른 것뿐이야."

이 광경을 보기 전까진 태하를 그저 미친놈으로 생각했던 두 여자는 자신들의 식견이 너무나도 짧았음을 뉘우쳤다.

"죄송합니다! 저희의 생각이 짧았습니다!"

"후후, 그럴 것 없어. 이 세상의 그 어떤 누구라도 너희와 같았을 테니까."

뉘우침을 넘어서 감격의 도가니에 빠진 그녀들, 라일라는 물끄러미 태하의 얼굴을 바라봤다.

그러더니 이내 그의 얼굴을 손으로 스윽 훑었다.

슥—

그러자, 태하가 기겁하며 몸을 물린다.

"왜, 왜 이래?!"

"…어머나, 죄송합니다! 저도 모르게 그만……!"

라일라는 전부터 태하의 강인함에서 아름다움을 느꼈다고

말했었다.

아마 오늘의 이 이적들은 그런 그의 강인한 아름다움에 한 수를 더해 엄청난 매력으로 다가온 모양이었다.

자신도 모르게 태하의 볼을 스윽 쓰다듬은 라일라는 얼굴을 붉히며 돌아섰다.

"흠흠! 이제 곧 식사 시간입니다. 저는 그럼 식사를 준비하러……."

"그, 그래."

태하는 그녀가 사라진 곳을 가만히 바라보았고, 멜리사는 뾰로통한 표정으로 태하를 노려봤다.

"…보스, 변태군요?"

"뭐, 뭐라고?"

"보스는 변태입니다."

"……?"

고개를 갸웃거리는 태하, 그런 그를 바라보며 멜리사는 연신 볼을 부풀리고 있었다.

* * *

에이마르 홀딩스 이사회.

오늘은 짐짓 무거운 분위기가 흐르고 있다.

"……"

"보스?"

제노니스의 보스이자 에이마르 홀딩스의 대표이사인 리처드 라이너슨이 입을 다물고 있기에 회의는 아예 진행조차 되지 않고 있었다.

그런 와중에 그의 이름을 불렀던 이사에게로 리처드의 고개가 돌아간다.

"나를 불렀나?"

"회의가 진행 중입니다만……"

"그랬나?"

"죄송합니다만, 이렇게 많은 이사진이 모인 것도 오랜만이라……"

그제야 정신을 차린 제노니스의 보스 리처드가 입을 연다.

"다들 모였군. 내가 요즘 정신이 없어서 그런 것이니 이해하도록."

"아닙니다. 괜찮습니다."

리처드는 차갑게 가라앉은 눈빛으로 말했다.

"요즘 들어 괴기한 일이 너무 많이 일어나고 있다. 그런데 그 일련의 사건들이 미카엘 엑트린을 중심으로 벌어지고 있다니, 이게 말이나 되는 소리인가?"

"죄송합니다!"

"아니, 아니야. 나는 자네들을 탓하려는 것이 아니야. 도대체 놈이 정말 병약하고 아무런 능력도 없는 놈인지가 의심스럽다는 것이다."

"혹시 아파린 투자신탁에서 수를 쓴 것은 아니겠지요?"

"그놈들이 바보인가? 지금과 같은 시기에 우리와 척을 지면서까지 지분을 인수할 이유가 없다."

"흠……."

아파린 투자신탁은 대한정밀의 지분을 함께 나누어 가진 사이로, 한 조직이 없어지면 나머지 조직이 다른 회사를 인수합병할 수 있는 상황이었다.

그렇기 때문에 두 조직 사이에는 미묘한 신경전이 매번 벌어지고 있었고, 조직원들은 지금 아파린 투자신탁의 흑사회 정명파를 의심하고 있었다.

하지만 아직 그들에게 배당금이 전부 다 돌아간 것이 아니기 때문에 엄연히 대한정밀 사건은 전부 마무리된 것이 아니었다.

이런 어수선한 상황에서 전쟁을 벌여봐야 좋을 것은 하나도 없다는 소리였다.

그는 일을 수습하는데 중점을 두기로 했다.

"일단 이 소동을 일으키고 다니는 그놈의 배후를 밝혀내는데 주력한다."

"예, 보스. 그렇게 하겠습니다."

바로 그때, 회의장 문이 열리며 한 조직원이 모습을 드러낸다.

"보스, 정보통이 연락을 취해왔습니다."

"무슨 일인데 호들갑이냐? 그렇게 중요한 소식이란 말이냐?"

"놈이 스스로 모습을 드러냈습니다. 당장 내일 이사회를 소집해서 자신이 직접 대주주이면서 대표이사로 취임하겠다고 말했다더군요."

"놈이라면……."

"미카엘 엑트린 말입니다! 그가 대표이사로 취임한다고 선언했답니다!"

순간, 리처드의 고개가 좌로 살짝 꺾인다.

"대표이사? 놈이 미쳤군. 죽고 싶어 환장을 했나?"

"그러게 말입니다. 갑자기 그런 말도 안 되는 일을 벌이다니, 그 아비가 갑자기 종적을 감추어 머리가 어떻게 된 모양입니다."

"후후, 그렇다고 이렇게 막 나가다는 요단강 건너기 딱 좋지."

"어떻게 할까요? 내일 이사회에서 아예 마무리를 지을까요?"

리처드는 고개를 가로저었다.

"아니다. 아직 소란을 일으킬 것 없어. 우리의 지분을 모두 하나로 합치는 대로 놈을 족쳐 BSC홀딩스까지 흡수하는 것으로 마무리 짓자고."

"예, 알겠습니다."

그는 자신의 아들 다니엘의 어깨를 두드리며 말했다.

"아무래도 놈이 보통은 아닌 것 같구나. 조심하거라."

"예, 아버지. 걱정하지 마십시오."

복잡한 상황이지만 그는 다니엘의 의젓한 모습에 한시름 놓는다.

*　　　*　　　*

늦은 밤.

BSC홀딩스 건물로 두 명의 여성이 잠입하고 있었다.

팟!

상당히 기민한 움직임의 그녀들은 마치 도둑고양이처럼 기척도 없이 건물 옥상을 통해 아래로 내려갔다.

휘리리리릭!

건물 외벽 끝에 로프를 매달고 그것을 허리에 매달아 머리부터 내려가는 리버스 레펠 포지션이 완벽하게 이뤄지고 있었던 것이다.

"이쯤인가?"

"아마도."

두 사람은 15층에서 멈추어서 환풍구를 통해 사무실로 향했다.

끼릭, 끼릭—

이곳은 환풍구에 수많은 전선이 통과하는 박스가 지나는데, 그녀들은 이것의 뚜껑을 뜯어내 CCTV를 통제하는 전선을 잘라냈다.

따악!

이제 다시 전선이 연결되기 전까지는 그녀들이 이곳에서 무엇을 하는지 아무도 알지 못할 것이다.

"자, 그럼 이제 본격적으로 덫을 놓아볼까?"

"신속하게 움직여."

"오케이!"

두 사람은 일사분란하게 움직여 자신이 담당한 구역에 있던 컴퓨터들의 전원을 모두 켰다.

그리곤 그 안에 USB를 인식시켜 특별한 프로그램을 설치했다.

풀 서치 툴 설치 완료

"이쪽은 끝났어."

"이쪽도."

이제 두 사람은 다시 왔던 길로 다시 돌아갔고, 끊어졌던 전선을 다시 이어놓았다.

다음날, BSC홀딩스의 재무실로 네 명의 히트맨이 돌입했다.

콰앙!

"뒤져!"

"예!"

이들은 중앙통제실을 점거하여 CCTV를 멈추도록 했고, 자신들이 일하기 좋은 대로 움직이고 있었다.

그 덕분에 사무실에는 고스란히 그 흔적들이 계속 남아 있었다.

이윽고 그들은 각 PC의 전원을 켜서 자신들이 필요한 파일들을 추려내기 시작했다.

"우리가 가지고 있던 건물들의 정보와 계좌들은 전부 빼내고 자금의 출납도 삭제해라!"

"예, 알겠습니다!"

꽤나 신속하게 움직이는 히트맨들, 그들의 손은 거의 보이지 않을 정도로 빨랐다.

타다다다다닥!

그럼에도 불구하고 대략 20분이라는 시간이 걸렸다.

탁!

"끝났습니다!"

"좋아, 나가자!"

그들은 사무실을 나섰고, PC는 예정대로 전원이 꺼졌다.

하지만 잠시 후, 거짓말처럼 PC가 켜졌다.

위이이이잉!

그리곤 방금 전 없어졌던 자료들을 빠른 속도로 복구하기 시작했다.

삐리리리리리릭—

만약 히트맨들이 이 광경을 보았다면 기절초풍했을지도 모를 일이지만, 아마 그들은 이곳을 떠나고 없었다.

다시 자료는 복구되었고, 그 삭제기록까지 전부 남게 되었다.

복구 완료!

*　　*　　*

며칠 후, 에밀리아와 멜리사는 총무부와 경리부가 있는 재무실을 찾았다.

그녀들은 자신들이 이곳에 잠입해서 쳐놓았던 덫을 확인해

봤다.

띠리리릭—

두 사람이 얼마 전 설치한 프로그램들은 이곳에서부터 중앙전산의 모든 데이터를 받아 수집하는 프로그램이다.

또한, 경리부와 총무부에서 자금이 어떻게 유동되고 있는지 요목조목 따져 정보를 수집할 수 있도록 도와준다.

태하가 조직에 먼저 자신의 정보를 흘린 것은 히트맨들이 이곳에서 분명 자료를 강탈할 것임을 예상했던 것이다.

그럼과 동시에 회사에는 정보를 흘리지 않았던 것은 그들이 이 사실을 알게 되면 미리 전산을 닫아놓을 것이기 때문이었다.

그 결과, 히트맨들은 예상대로 자신들이 필요한 서류와 공인인증서 등을 전부 복사하여 파기시켰다.

"쯧쯧, 멍청한 놈들. 이래서 아마추어들은 안 된다는 거야."

"후후, 그래서 우리 같은 사람들이 대접을 받는 것 아니겠어?"

이제 그녀들은 그들이 삭제했던 파일들을 그대로 복사했고, 그것을 고스란히 USB에 담았다.

"끝이군."

"갈까?"

두 사람은 더 이상 이곳에 볼일이 없다는 듯이 돌아섰다.

*　　　*　　　*

BSC홀딩스의 본사, 오늘은 대표이사 취임이 있는 날이다.

태하는 15명의 이사를 처리하는 동시에 스스로가 대표이사로 취임하기로 했고, 오늘 그 취임식이 열릴 예정이었다.

지금까지 케인이 잘 이끌어 왔던 BSC홀딩스가 새로운 대표이사를 맞아 과연 어떻게 변할지 주목되고 있었다.

태하는 비서실장으로 라일라를 지명했고, 그 휘하에 경리부장과 총무부장에 각각 에밀리아와 멜리사를 배치했다.

이제부터 그녀들은 제노니스의 조직원들이 회사를 얼마나 들쑤시고 다녔는지 조사하고 잘못된 점을 바로잡게 될 것이다.

태하는 라일라에게 오늘 참석하는 인물에 대한 설명을 듣고 있었다.

"저번에 스파이가 가져다주었던 정보에 의하면 오늘 참석할 인물은 총 다섯 명 남짓이랍니다. 원래 열다섯 자리가 더 남아야 합니다만, 이미 보스께서 정리하셨으니 그 자리엔 다른 사람이 앉지 못하게 되었습니다."

"그것 참 쌤통이군."

"인과응보지요."

그녀는 태하에게 몇 장의 프로필을 건넸다.

"요주 인물만 정리했습니다. 먼저 에이마르 홀딩스에서 재무 이사로 근무하고 있는 나탈리아 제로니안입니다. 그녀는 유일하게 여성으로 조직의 수뇌부까지 올라간 인물이지요. 그녀가 거느리고 있는 히트맨의 숫자는 대략 50명입니다. 나머지는 그저그런 행동대원들이고요."

"하여간 자신만의 세력은 따로 구축하고 있을 정도로 영향력이 있다는 소리군?"

"자금력이 좋고 사업수완이 뛰어나답니다. 아마도 에이마르 홀딩스에 있는 조직원들 중 유일하게 쓸모 있는 인재가 아닌가 싶습니다."

"그렇군."

라일라는 뒤이어 또 한 장의 프로필을 건넸다.

"오늘 참석하는 인물들 중 가장 위험한 인물이라고 할 수 있습니다. 제프 페롤슨, 미국계 마피아에서 전향했습니다. 손속이 잔악하고 성격이 칼 같습니다. 같은 조직원들도 어지간하면 말을 섞지 않는다고 하더군요."

"그 정도로 잔인한 놈인가?"

"글쎄요, 진위여부는 알 수가 없지요."

태하는 이윽고 간부들의 프로필을 접어버리며 말했다.

"좋아, 이놈들은 그렇다 치고 건물 명의자 명단 확보는 어떻게 되어가는 중인가?"

"일단, 건물목록은 먼저 확보를 했었습니다만 명의자를 찾는데 시일이 좀 걸렸습니다. 아무리 늦어도 이사회가 끝나면 확보가 될 겁니다."

"흠, 그렇군."

태하는 에이마르 홀딩스의 재산으로 잡혀 있던 건물들의 명의자가 중구난방으로 흩어져 있음을 인지하고 있었다.

스파이 페르난드의 정보에 의하면 조직의 수뇌부들이 차명으로 건물을 가지고 있다가 추후에 다시 지분을 응집시키는 형태로 재산을 은닉했다고 했다.

그러니까, 이 지분들을 다시 모은다고 해도 분명 부동산을 처분하고 말 것이라는 소리였다.

태하는 그전에 자신이 먼저 선수를 쳐 재산이 넘어가는 것을 막아야겠다고 생각했다.

"좋아, 그럼 이사회가 끝나는 대로 한번 보자고."

"예, 알겠습니다."

이윽고 태하는 대표이사 취임식에 참석했다.

4. 폭약을 장전하다

BSC홀딩스 영업담당 차장 제임스 가드너는 오늘 새롭게 취임한다는 사장에 대해 알아보았지만, 이렇다 할 정보가 없었다.

"이상하군……."

영업담당 차장이라는 직책은 말이 좋아 영업담당이지, 그냥 정보를 총괄하는 사람 정도로 보면 된다.

그런 그의 정보력은 회사 내에서 최고였고, 홀딩스가 하는 주 업무인 돈세탁과 대출, 기업 인수에는 그의 정보력은 절대적인 역할을 해왔다.

헌데 이번만큼은 그의 정보를 도저히 찾을 수가 없었던 것이다.

그가 의아함을 느끼고 있을 때, 회사에서 주최하는 대표이사 취임식이 열렸다.

—오늘 모여주신 귀빈 여러분들께 감사의 인사를 드리며 대표이사 취임식을 시작하겠습니다.

짝짝짝짝—

미적지근한 박수소리가 들려오더니 이내 외소한 체격의 사내가 모습을 드러냈다.

그는 짙은 금발에 파란색 눈동자를 가지고 있었는데, 외모로 보자면 케인과 비슷하게 생겼다고 말할 수 있었다.

하지만 이곳에 모인 그 누구도 그가 케인의 아들이라는 것은 전혀 눈치채지 못하고 있었다.

그것은 제임스 역시 마찬가지, 그는 심드렁한 표정으로 대표이사를 바라보고 있었다.

—그럼 대표이사께서 취임사를 연설하시겠습니다. 박수로 맞아주십시오.

짝짝짝짝!

대표이사는 단상 위로 올라갔고, 그는 짧고 간략하게 자신의 포부를 밝힌다.

—대표이사로 취임하게 된 미카엘 모리슨입니다. 아, 최근에

는 엑트린이라는 이름으로 개명했습니다. 아마도 제가 엑트린 가의 사람이라는 것을 아시는 분은 드물 것이라고 생각합니다.

순간, 제임스는 화들짝 놀라 고개를 갸웃거린다.

"어, 어라? 엑트린?!"

지금까지 그는 케인을 자신의 정신적 지주라고 생각하고 살아왔지만, 그에게 아들이 있다는 소리는 처음 들어보았다.

그래서 미카엘 모리슨이라는 사람에 대해서만 알아보았을 뿐, 엑트린에 대한 이름은 전혀 생각해 보지도 않았던 것이다.

"이런 말도 안 되는 경우가……?!"

그가 이렇게까지 미카엘 엑트린에 대한 정보 취득이 늦었던 것은 대표이사로 취임한 그가 회사에는 다른 이름으로 자신을 알렸기 때문이었다.

그 이유에 대해선 그 역시 알 도리가 없으나, 뭔가 분명 이유가 있을 터였다.

'비밀스러운 사람이다. 그런 면에선 케인 님과 비슷하다고 볼 수 있겠군.'

억지로 끼워 맞춘다는 느낌이 들긴 했지만 막상 케인의 아들이라고 생각하고 보니 상당히 닮은 부분이 많은 것 같았다.

대표이사는 자신의 이름을 밝힌 후, 곧 연설을 마무리 지었다.

—하나만 약속하겠습니다. 앞으로 우리 BSC홀딩스는 영국 최고, 아니, 전 세계 최고의 투자기업이 될 겁니다. 제가 그렇게 만들 것이고, 여러분들이 그렇게 만들어나갈 겁니다.

이윽고 그는 단상에서 내려왔고, 직원들은 뜨거운 박수갈채를 쏟아냈다.

짝짝짝짝짝!

*　　　*　　　*

BSC홀딩스의 대표이사 취임식이 열린 직후, 회사 내부에서 긴급 이사회가 소집되었다.

태하는 앞으로 회사가 나아갈 방향과 함께 신임 이사들 선출에 대한 안건을 내걸었다.

유약한 모습의 미카엘로 둔갑한 태하는 다섯 명의 이사진에게 말했다.

"지금 우리 회사에 중역들이 대거 행방불명되셨으니 그 자리를 대신 채워줄 사람을 찾아야겠습니다."

"그것이라면 벌써……."

"그래요, 다니엘 라이너슨, 당신 같은 이사들이 포진해 있지요. 하지만 그들이 이사라는 직함 말고 실질적으로 하는 일이 뭐 있습니까?"

태하의 따끔한 일침에 조직의 3인자 마크 제이톰슨이 노골적으로 그에게 언성을 높여 협박했다.

"어이, 대표이사 양반. 말이면 다인 줄 알아? 우리도 주식을 가진 엄연한 이사야. 하는 일이 왜 없어? 내 돈으로 회사가 굴러가고 있는데 말이야."

"…내 돈이라."

"그래, 내 돈. 명백히 나의 명의로 된 내 재산 말이야."

태하는 이들이 어떤 경로로 회사의 주식을 취득했는지 너무나도 잘 알고 있었다.

그렇기 때문에 지금 이들의 뻔뻔한 태도에 화가 머리끝까지 뻗칠 것 같았다.

하지만 그는 별 대수롭지 않게 그 화를 삭였다.

"남의 돈 빼앗아서 앉은 자리가 제 자리인 양 착각하는 사람들이 많군요. 이런… 이래서 무슨 사회가 제대로 돌아가겠어요? 당신 같은 머저리 깡패들이 판을 치는데 말입니다."

"이 애송이가 정말……!"

나탈리아 제로니안은 잔뜩 흥분한 그들을 만류하듯 말했다.

"쉿, 조용히 합시다. 이곳은 회의장 아닌가요?"

"…뭐라?"

"아무리 허울뿐인 이사회라곤 해도 이렇게 오합지졸처럼 굴면 되겠습니까?"

"……."

나탈리아는 태하에게 작게 고개를 숙인다.

"미안합니다. 아직 새로운 대표이사에게 적응하지 못했기 때문에 그러는 겁니다. 너그럽게 이해해 주시리라 믿어요."

"물론입니다."

그녀는 분명 이 미카엘이라는 인물에 대해 깊이 탐색하고 있는 것이 분명했다.

만약 이 사람이 자신에게 도움이 되는 사람이라면 당연히 두둔할 것이고 그렇지 않다면 가차 없이 잘라낼 것이다.

아마 아직까지 태하가 자신에게 필요한가에 대해 파악하지 못했기 때문에 조금은 두둔하는 모습을 보이는 것 같았다.

이윽고 태하가 그들에게 새롭게 뽑아 올릴 이사들의 명단을 공개했다.

"새롭게 임명되는 이사들의 명단은 이렇습니다. 영업이사에 제이슨 가드너, 재무이사에 에밀리아 와이즈넌, 관리이사에 멜리사 크로이든입니다. 여기에 이사 직급의 실장 직함을 가질 비서실장 라일라 모하메드를 천거하겠습니다. 이의 있으시면 말씀해 주시지요."

그의 질문에 아니나 다를까, 마크 제이톰슨이 손을 들었다.

"갑자기 그런 중요 직책을 함부로 준다면 도대체 누가 이사의 자리에 앉지 못하겠어?"

"당신들도 실력으로 그 자리에 앉은 것은 아닐 텐데요?"

"뭐라? 아까부터 이 꼬맹이가 진짜 보자보자 하니까……."

태하는 눈을 들어 자신을 향해 이를 드러낸 그들의 얼굴을 쭉 훑어보며 말했다.

"이 사람들 말고는 반대하는 사람들이 없는 것이지요?"

"……."

"좋습니다. 그럼 이 안건은 다음 이사회로 넘기도록 하겠습니다. 빠른 시일 내에 이사회가 소집될 것이니 그렇게들 아십시오."

"…이사회가 무슨 애들 장난인 줄 아나. 어이, 꼬마! 정말 그러다 요단강 건너는 수가 있어!"

마치 금방이라도 태하에게 총을 겨눌 것처럼 구는 마피아들을 보고 태하는 실소를 머금었다.

"후후, 방금 요단강 건넌다고 했습니까?"

"그래! 대가리에 바람구멍 나면 누구든 요단강을 건너. 너라고 그렇지 않을 것 같아?!"

"이런… 요단강은 서아시아에 있습니다. 사람이 죽는데 굳이 그곳을 건너야 한다니, 혹시 요단강을 가본 적은 있습니까?"

"이 개자식이 정말……!"

철컥!

결국 화를 이기지 못하고 총을 뽑아 든 마크 제이톰슨이었다.

마크는 지금 눈에 보이는 것이 하나도 없을 정도로 화가 나 있었고, 태하는 그런 그를 바라보며 고개를 가로저었다.

"화를 삭이세요. 지금 이곳에서 총이라도 당기시려고 그러는 겁니까? 잘못했다간 경찰들에게 연행된다고요. 그래도 괜찮아요?"

"……."

"앉으세요. 천장 안 무너집니다."

끝까지 자신의 할 말을 다하는 태하를 어찌하려다 이내 마크 제이톰슨이 자리에 앉고 만다.

"…두고 봐라. 오늘 이 실수를 아주 뼈가 시리도록 후회할 날이 있을 것이다!"

"오호, 그래요? 하지만 후회해도 어쩌겠습니까? 이미 일은 벌어지고 난 후인데?"

이윽고 태하가 자리에서 일어서며 말했다.

"혹시나 해서 말씀드리는 겁니다만, 사라진 이사들과 히트맨들은 찾지 마십시오, 어차피 못 찾습니다."

"뭐라?!"

태하의 마지막 도발에 거의 눈동자가 뒤집힐 것처럼 화를 내는 마크, 다니엘은 그런 그를 차분하게 만류한다.

"앉지. 지금 저놈을 자극해서 좋을 것 없으니."

"하지만……!"

"앉아. 차분하게 행동하라고."

차기 보스의 명령이라 이러지도 저러지도 못하는 마크, 그런 그를 제프 페롤슨이 잡아 앉혔다.

"앉으시죠. 꼴사납습니다."

"…네놈까지?"

"보스께서 말씀하셨습니다. 경거망동하지 말라고. 지금 경찰을 불러 좋을 것 없지 않습니까?"

"흠……."

그제야 그는 자리에 다시 앉았고 태하는 이내 회의실을 나설 수 있었다.

*　　*　　*

취임식이 열린 후, 태하는 제노니스에서 빼돌리려 했던 서류들을 천천히 확인했다.

그것들은 전부 에이마르 홀딩스에서 BSC로 넘겼던 사유재산들의 목록이었다.

태하는 BSC홀딩스를 세우면서 아주 비밀리에 에이마르 홀딩스와 접촉하여 재산들을 모두 차명으로 돌려주었다.

김태평의 손아귀에서 벗어난다고 생각했던 그들은 생각보다 쉽게 태하의 꾐에 넘어갔다.

덕분에 BSC홀딩스와 에이마르 홀딩스를 엮을 수 있었으나 문제는 김태평의 사후였다.

원래 에이마르 홀딩스는 김태평의 사유재산이었으나, 그가 사망하고 나선 이 모든 것이 에이마르 홀딩스의 사유재산으로 등재되었던 것이다.

실권을 쥐고 있던 사람이 세상을 떠나자, 그 재산은 엉뚱한 사람들 손에 넘어가게 된 셈이었다.

하지만 태하가 이 재산들을 다시 되찾자면 보통 방법으론 어림도 없다.

하여, 태하는 그에 대한 미끼를 놓았고 그들은 예상대로 그 미끼를 아주 자연스럽게 물어버린 것이다.

"좋아… 우리 아버지께서 남겨두셨던 재산들이 전부 고스란히 들어 있군."

"이제 어떻게 할까요? 이 모든 것들을 다시 회수하면 되겠습니까?"

라일라가 묻자, 에밀리아가 거든다.

"그럼 되겠군요. 어차피 회사 자금상황도 아주 좋지 않던데, 숨통이 조금 트이지 않겠어요? 이참에 다 쓸어버리시죠."

하지만 태하는 고개를 가로저었다.

"아니, 그런 식으로 접근하면 재산을 몇 개 못 건져. 주식도 주식이지만 에이마르 홀딩스도 우리 아버지의 재산이야. 그것도 온전히 되찾고 놈들을 일순간에 무너뜨려야 한다. 그러자면 놈들이 가산을 다 정리하기 전에 우리가 먼저 입찰을 걸어야 해."

"예?! 지금 당장 버틸 수 있는 자금도 모자란 판에 그런 무지막지한 돈을 어디서 충당한단 말입니까?"

"그건 걱정할 필요 없다. 내가 알아서 할 테니까."

요즘 BSC홀딩스는 엄청난 자금난에 허덕이고 있었다.

대주주였던 케인이 사망한 이후로 점점 공격형 M&A와 신원보증청탁 같은 일이 서서히 줄어들었던 것이다.

그 결과, 지금은 BSC홀딩스의 거의 모든 자산이 바닥을 드러내고 있는 실정이었다.

만약 지금 이 상황에서 사업을 접을 것이 아니라면 무슨 일이든 해야만 하는 상황이었던 것이다.

그렇게 하자면 자금이 필요한데, 에이마르 홀딩스의 자산은 급한 불을 끄고 회사가 도약하는데 충분할 정도였다.

그럼에도 불구하고 에이마르 홀딩스의 물건들이 팔리기 전에 입찰을 건다니, 그녀들은 도저히 답이 없다는 듯이 고개를 가로저었다.

하지만 태하는 매번 그녀들에게 기적을 선사하는 사람이었다.

"대략 1억 달러면 모두 입찰할 수 있겠나?"

"예? 하지만 그건……."

"다 방법이 있어. 나만 믿으라고."

태하는 처음 이곳에서 나올 때 아주 약간의 보석만 챙겨서 나왔지만 북해빙궁에는 그런 보석이 천지에 널려 있다.

트럭 한 대를 보내서 금은보화를 절반만 채워도 이 회사를 일으키고도 남을 것이다.

"잠시 러시아에 다녀와야겠다. 헬기를 준비할 수 있겠나?"

"헬기요?"

"시베리아 횡단열차에 실어서 말이야."

"불가능하지는 않습니다만……."

"쓸 일이 있어. 준비해 줄 수 있나?"

"물론입니다."

이윽고 태하는 핫산에게 전화를 걸었다.

"자네, 지금 어디인가?"

―미국일세. 그놈을 만나고 있어.

"그놈이라면, 라이언 말인가?"

―그래, 그 괴팍한 라이언 말이야. 자네는 어디인가?

"BSC홀딩스를 다시 인수했어. 지금 취임식을 치른 직후일세."

—역시 빠르군.

"그와 함께 있다면 언제쯤 헤어질 생각인가?"

—자네가 오면.

"알겠어. 지금 당장 가지."

태하는 곧장 전용기를 타고 핫산이 있는 월 스트리트로 향했다.

*　　　*　　　*

월 스트리트 PK호텔.

핫산과 라이언은 이곳의 VIP홀에 함께 있었다.

두 사람은 벌써 데킬라를 한 병이나 비워냈는데, 그럼에도 불구하고 얼굴에 전혀 불편한 기색이 보이지 않았다.

"그 녀석은 건강한 거지?"

"물론이지. 도대체 몇 번이나 묻는 거야?"

라이언은 평소엔 자신의 잔정 넘치는 성격을 잘 드러내지 않다가 오늘에서야 그 본색(?)을 드러냈다.

행여나 태하가 다쳤을까 고민하는 모습이 꼭 물가에 내놓은 동생을 생각하는 형을 보는 것 같았다.

잠시 후, 두 사람이 기다리던 태하가 모습을 드러냈다.

"어이, 두 놈팡이들?"

"태하!"

라이언은 그 자리에서 벌떡 일어나 미카엘에서 태하로 돌아온 그를 살펴본다.

"괜찮나? 어디 다친 것은 아닌가? 혹시 몸이 불편하거나……."

"그럴 일은 절대로 없어. 그러니 그렇게 호들갑 떨 것 없네."

"험험, 그런가?"

조금 머쓱해진 라이언은 평소의 퉅퉅거리는 말투로 물었다.

"그나저나 영국에서 이곳까지 한달음에 날아오고, 무슨 일이 있는 건가?"

"자네들의 도움이 필요해."

핫산은 이미 태하에게 자세한 정황을 전해 들었지만 라이언은 그렇지 못한 상태였다.

태하는 웨이터를 불러 술을 주문한다.

딩동!

"부르셨습니까?"

"여기 가장 독하면서 가장 양이 많은 술로 가져다줘요."

"네, 알겠습니다."

"아참, 술값은 핫산 앞으로 달아놓으면 됩니다."

"예, 알겠습니다."

"저 친구가……."

"원래 친구가 하는 술집에 놀러오면 공짜로 술을 마시는 법 아닌가?"

"뭐, 그렇긴 하지만……."

괜히 농담을 던져 분위기를 누그러뜨린 두 사람은 라이언에게 본격적으로 사정을 설명하기 시작했다.

"라이언, 자네도 알겠지만 내 상황이 그다지 좋지가 못해. 알지? 내가 지명수배자인 거."

"잘 알지. 지금 한국에서 자네는 파렴치한에 후레자식으로 알려져 있네. 아마 이대로 돌아간다면 과연 회장직을 물려받을 수 있을지 의문이야."

"그래서 내가 자네들에게 도움을 청하는 것일세."

태하는 그에게 아버지가 남긴 재산에 대해 설명했다.

"에이마르 홀딩스와 아파린 투자신탁은 원래 우리 아버지의 사유재산일세. 저 빌어먹을 놈들이 가로채서 문제지만."

"뭐, 그건 그렇지."

"나는 그 두 개를 모두 되찾을 것일세. 그리고 그들이 조종하고 있던 꼭두각시를 내 것으로 만들어야겠어."

"꼭두각시라면……."

"제네럴 사 말이야."

"아아…! 결국 그쪽으로 방향을 정한 건가?"

"칼을 뽑아들었으면 제대로 썰어내야지. 안 그런가?"

"뭐, 그건 그렇군."

태하는 라이언에게 보석의 목록을 건넸다.

"라이언, 우선 이 보석들을 좀 처분해줄 수 있겠나?"

"보석? 이게 다 뭔가? 무슨 보석들이 이렇게 많아?"

"자세한 것은 묻지 말고 처분을 좀 해주게. 제값은 다 안 받아도 괜찮아."

"흠, 알겠어. 며칠 내로 보석 상인을 연결해주지."

핫산의 정보력이 상당히 뛰어나다면 라이언은 인맥이 상당히 넓다. 그래서 어지간한 인사들은 라이언을 통해 소개를 받을 수 있다.

"그럼 내가 정확히 삼일 후에 이곳에 다시 오겠네. 그때 거래하는 것으로 하지."

"알겠어."

이윽고 태하는 러시아로 떠날 차비를 서둘렀다.

* * *

제법 쌀쌀한 바람이 불어오는 시베리아 동부 레나강 중류.

휘이이잉—

태하는 이 쌀쌀한 바람을 뚫고 헬리콥터를 몰고 있었다.

투다다다다다—!

태하는 헬리콥터 운전자격증을 가지고 있지 않지만 급한 대로 헬기를 몰기 위해 부랴부랴 운전 연습에 들어갔다.

그리고 삼일 후, 대략적으로 헬기를 원하는 방향으로 몰아갈 수 있는 경지에 이르게 되었다.

그는 헬기를 몰아 북해빙궁 초입까지 이동한 후, 그곳에 헬기를 세웠다.

"후우, 그리 오래되지는 않았지만 고향에 온 기분이야."

태하는 슬그머니 미소를 지으며 북해빙궁의 주변을 살펴봤다.

그런데 이곳 주변으로 정체를 알 수 없는 혈흔들이 이곳저곳에 퍼져 있었다.

"…혈액?"

그는 혈액을 따라 걸으며 그 정체를 추리했다.

이곳저곳에 산발적으로 떨어져 있는 피도 있었고 그 자리에서 하혈이라도 한 듯이 한 웅덩이를 만들어낸 곳도 있었다.

아마도 이곳에선 꽤 치열한 싸움이 벌어졌던 것이 분명했다.

"도대체 누가……."

태하가 고개를 갸웃거리는 사이, 이곳으로 엄청난 수의 늑대가 달려오기 시작한다.

아우우우우―!

"늑대? 혹시……."

이윽고 태하의 앞에 모여든 늑대들, 녀석들 중 단연 가장 기품이 넘치는 우두머리가 무리를 뚫고 나왔다.

"헥헥……."

"너구나. 네가 이 주변을 피로 물들여 놓은 것이냐?"

"헥헥!"

아마도 녀석은 이곳을 자신의 집이라고 생각한 모양이다. 그래서 이곳을 침입하는 무리들과 싸우느라 주변이 온통 피로 물들어 있었던 것이다.

게다가 녀석의 왼쪽 다리와 오른쪽 눈동자가 좀 이상하다.

"다친 거야?"

"끼잉……."

"그렇게 피가 터지도록 싸워 이곳을 지켰다니, 대단하구나."

"헥헥!"

태하는 헬기 안에 들어 있던 구급함을 열어 비상용 식량으로 가져온 육포를 꺼내어 건넸다.

"자, 이건 상이다."

"헥헥……?"

"먹어도 되는 거야."

"헥헥!"

태하의 손에 있던 육포를 바라보던 우두머리 늑대가 조심스럽게 그것을 씹어 먹었고, 그 맛이 좋았던지 태하의 손에 얼굴을 마구 비벼댄다.

"헥헥, 헥헥!"

"짜식, 기분이 좋아진 모양이군."

이내 그는 북해빙궁으로 향한다.

"가자, 네 다리를 치료해야겠구나."

"헥헥!"

우두머리 늑대는 태하를 따라 동굴로 향했고, 녀석의 동료들은 그 자리에 머무르며 우두머리가 돌아오기만을 기다렸다.

* * *

북해빙궁 대빙전.

태하는 이곳에서 우두머리 늑대의 다리를 살펴보고 있었다.

"끼잉……."

"상태가 많이 좋지 않군."

처음엔 그저 다리만 저는 줄 알았더니 온몸 구석구석에 상처가 너무 많아 이대로는 얼마 살지 못할 것으로 보였다.

그렇다고 다시 한 번 생명진을 사용한다면 녀석의 몸이 버티지 못하고 즉사해 버리고 말 것이다.

생명진은 사용하자마자 금방 상태가 좋아지는 것이 보일 만큼 뛰어난 효능을 가진 진법이지만 워낙 많은 진기가 유입되기 때문에 재사용이 불가능하다.

태하는 어쩐지 자신의 한마디가 녀석을 이렇게 만든 것 같아서 기분이 좋지 않았다.

"자식, 괜히 나 때문에 이렇게 된 것 같아서 미안하구나."

"헥헥……."

아마 이대로는 무리를 이끌 수도 없을 것이며, 잘못하면 길에서 객사할 수도 있을 것이다.

태하는 녀석을 살리려면 자신이 직접 돌볼 수밖에 없다는 것을 직감했다.

"흐음, 어쩔 수 없지."

이윽고 그는 대서고로 향했다.

끼이이익— 쿵!

총 45층으로 이뤄진 서고의 책꽂이에는 이루 다 설명할 수도 없을 정도로 어마어마한 양의 서적이 자리하고 있다.

태하는 그중에서도 짐승들의 신체구조와 혈자리를 모아놓은 '금수보감'을 꺼내들었다.

"보자……."

개과 동물의 혈자리는 인간과 그 갈래가 달라서 자칫 잘못하여 사람과 같이 점혈했다간 혈도가 뒤틀려 죽을 수도 있다.

예를 들자면, 원래 백회혈이 있어야 할 자리엔 혈자리가 없고 두개골의 약간 앞쪽에 독맥이 자리 잡고 있는데, 이곳이 인간으로 따지자면 백회혈에 해당했다.

또한, 개과 동물은 하단전과 중단전이 위치하는 혈자리가 아예 없기 때문에 주화입마에 걸리지 않는다.

태하는 녀석을 환골탈태시켜 새로운 몸을 갖게 해주고자 했지만, 그것이 결코 쉬운 일은 아니라는 것을 깨달았다.

"하단전이 없다… 그렇다면 상단전부터 혈맥을 타통시키는 방법밖에는 없겠군."

"헥헥?"

만약 인간이었다면 즉시 주화입마에 빠져 죽어버릴 방법이었지만, 개의 경우엔 근골 자체가 사람과 다르니 별 상관은 없을 것이다.

태하는 녀석의 이마에 손가락을 가져다 댄 후, 건곤대나이의 구결을 흘려보냈다.

ㅊㅊㅊㅊㅊ—

그러자 녀석의 몸이 서서히 떨려오면서 입에서 거품이 일기 시작했다.

"낑, 낑……!"

"괜찮다. 겁먹을 것 없어!"

잠시 후, 태하의 손에서 뻗어나간 일수가 녀석의 이마에 자리를 잡았다.

우우우우웅—!

이제 태하는 이것을 건곤대나이의 구결에 따라 전개시켜 녀석의 몸 전체에 퍼지도록 했다.

툭툭툭—

가끔 없는 혈은 대체 혈을 찾아서 우회시켜 혈맥을 타통했으며, 대략 반주천가량의 진기를 몸에 쌓을 수 있었다.

"켁켁!"

그러자, 녀석의 몸에 쌓여 있던 독기가 빠지면서 서서히 털이 벗겨지기 시작한다.

"…끼잉!"

"몸이 변하는군. 역시 인간에 비해 환골탈태가 빨라!"

태하의 예상대로 녀석의 몸은 인간에 비해 훨씬 작기 때문에 대략 반주천의 진기만으로도 충분히 환골탈태가 가능했다.

하지만 이것을 유지시키기 위해선 약간의 장치가 필요하다.

"흐음… 그래, 개목걸이가 좋겠군."

그는 제1창고에서 꺼낸 호랑이 가죽을 잘라 개 목걸이를 만들고 블루마린으로 징을 박았다.

쿵쿵쿵!

그리고 그 목걸이에 진기를 유동시켜줄 수 있는 진법을 짜

블루마린으로 진석을 삼았다.

끼기기기긱!

이제 녀석의 몸에는 진기가 서서히 쌓이면서 일정수준이 되면 그것을 계속 유지시킬 수 있는 능력이 생길 것이다.

물론, 목걸이가 없어지는 순간 녀석은 목숨이 끊어지고 말 것이다.

태하는 녀석의 목에 목걸이를 걸어준 후, 내력이 녹아 있는 온천수로 녀석을 깔끔하게 씻겨주었다.

그러자, 녀석의 몸에서 푸른빛이 감도는 은빛 털이 솟아나 온몸을 덮기 시작했다.

스스스스스—

"헥헥……!"

녀석의 눈동자에선 은색 안광이 번뜩이고 있었으며, 신체의 모든 기관이 보통 늑대에 비해 족히 20배는 될 정도로 발달되었다.

아마 이 정도의 신체 능력이라면 호랑이와 10 대 1로 싸워도 충분히 이기고도 남을 것이었다.

"더 이상 너는 야생에서 살아갈 수가 없겠구나. 이대로라면 생태계의 균형이 맞지 않을 거야."

"헥헥……."

"가자. 이제 너와 나는 함께 이 세상을 살아가는 거야."

"헥헥!"

태하는 이제 녀석의 이름을 지어주기로 한다.

"흐음, 이제 같이 지내게 될 테니 새로 이름을 지어주마."

"헥헥……."

"실버? 은색이니 실버가 어때?"

"헥헥!"

"그래, 실버가 좋겠다."

태하는 녀석의 이름을 실버라고 지어주었고 태하는 실버가 죽을 때까지 녀석과 함께하기로 마음먹었다.

*　　*　　*

북해빙궁 제1창고를 찾은 태하는 이곳에 쌓여 있던 최상급 다이아몬드와 금자들을 추려 대략 2억 달러에 달하는 물건들을 만들어낼 생각이었다.

원래 북해빙궁의 지하에는 최상급 다이아몬드들이 꽤 많이 매장되어 있었는데, 흔히 말하는 국보급 보석들도 심심치 않게 널려 있었다.

태하는 그중에서 몇 개를 꺼내어 상자에 담았는데, 그중에는 희귀한 보석인 블루 다이아몬드와 핑크 다이아몬드도 포함이 되어 있었다.

태하는 이중에서도 가장 큰 핑크 다이아몬드를 들어보며 연신 감탄사를 연발한다.

"이야… 이게 다이아몬드야, 짱돌이야?"

지금 그가 들고 있는 핑크 다이아몬드는 대략 60캐럿 정도로, 아마 지금까지 팔린 다이아몬드들보다 더 비싼 값에 팔릴 것이다.

2013년 11월 13일에 스위스 제네바에서 열린 소더비 경매에서 핑크 스타라는 핑크 다이아몬드가 8,318만 7,381달러, 한국 화폐로 915억 3,108만 원에 낙찰되었다.

이것은 보석 경매사상 최고의 금액이었으며, 지금까지도 이 금액을 깰 만한 물건은 나타나지 않았다.

핑크 스타의 정확한 캐럿 단위가 59.6이었다는 것을 생각하면 지금 태하가 가지고 있는 이 핑크 다이아몬드의 가격은 상상을 초월할 것이다.

그런 사실을 정확하게 알 리가 없는 태하는 그것을 가죽주머니에 잘 넣어 커다란 상자에 옮겨 담았다.

그가 담은 다이아몬드는 대략 20여 개, 이 중에 500만 달러 이상의 가치를 가졌을 거라 판단되는 다이아몬드만 열점이 넘었다.

또한, 핑크 다이아몬드처럼 희귀한 보석이 다섯 점에 준 국보급 다이아몬드가 다섯 점이었다.

이 정도면 그가 목표했던 돈을 채우고도 남을 테지만, 태하는 연신 고개를 갸웃거린다.

"흐음… 이걸로 좀 모자라지 않을까?"

"헥헥……?"

태하의 곁을 든든히 지키고 있는 늑대 실버는 태하의 질문에 고개를 갸웃거린다.

하지만 어떻게 그의 말을 알아들은 것인지, 다이아몬드 옆에 있던 금괴 더미를 앞발로 살짝 긁었다.

삭삭—

"아하, 금괴! 으음, 그렇다면 이렇게 하자. 금괴는 무게가 너무 많이 나가니까 금괴 대신에 보석을 한 상자 더 챙기는 것으로. 어때?"

"헥헥!"

태하는 같은 양의 보석을 한 상자 더 챙겨서 제1창고를 나서기로 한다.

*　　*　　*

잠시 후, 북해빙궁의 입구.

휘이이잉—!

여전히 거친 눈보라가 몰아치는 이곳에 태하와 늑대무리가

서 있었다.

"헥헥……."

녀석들은 원래 자신들의 우두머리였던 실버를 바라보며 약간의 거부감을 느끼고 있었다.

"끼잉……."

이들은 대부분 실버의 가족들이거나 친구들일 터, 녀석은 무리를 떠나야 한다는 것을 상당이 아쉬워하는 것 같았다.

하지만 이대로 무리에 남아 있을 수는 없는 일, 실버는 이제 자신의 후계자 자리를 정해 주어야 할 것이다.

"헥헥……!"

녀석이 향한 곳은 자신과 덩치가 비슷한 수컷이 있는 곳. 아마도 이 녀석이 원래 2인자였을 것이다.

두 녀석들은 서로 무언가 교감을 나누더니, 이내 실버가 돌아섰다.

"인수인계는 잘했겠지?"

"헥헥!"

"그래, 가자."

이제 이 무리는 실버가 없이도 잘살아가게 될 것이다.

언제나 그랬듯, 늑대들은 우두머리가 죽거나 다치면 그에 따른 대안을 마련하기 때문이다.

두다다다다—!

태하의 헬기가 다시 날아오를 준비를 마쳤고, 늑대 무리들은 그곳을 하염없이 바라보고 있었다.

"아우우우!"

"잘 있거라. 나중에 또 보자!"

그는 실버를 태워 다시 미국으로 향했다.

*　*　*

서울 대한병원 VIP룸, 김태린이 전혀 미동도 없이 누워 있다.

삐빅, 삐빅—

그녀는 지금 아주 조금씩 호전을 보이고 있어 조만간 눈을 뜰 수도 있을 것이라고 의사들은 전망하고 있었다.

이제 슬슬 엉망진창으로 엉켜 있던 신경체계가 제자리를 찾아가고 있는 만큼, 영양 공급이 최선의 방책이라는 것이 모두의 견해였다.

그런 김태린이 입원한 병실로 한 사내가 천천히 걸어 들어 들어왔다.

끼이익—

원래 이곳에 들어오려면 자동문에 CCTV센서로 얼굴까지 확인해야 하지만 어쩐 일인지 그는 아무런 제재 없이 이곳에 발을 들여놓았다.

이윽고 그는 자신의 호주머니에서 은색 나이프를 꺼내들었다.

챙!

이 은색 나이프는 두께가 겨우 0.1㎜에 불과했지만 사람의 목숨을 빼앗거나 얇은 호수에 구멍을 뚫는 일은 충분히 가능할 만큼 날카로웠다.

그는 한 차례의 망설임도 없이 그녀의 목덜미에 나이프를 들이댔다.

푸욱.

서서히 들어가는 나이프.

그녀의 몸이 조금씩 경련을 일으키기 시작했다.

"으, 으으, 으으으!"

"기도가 막힌 모양이군. 차라리 잘 되었다. 피는 나오지 않을 테니."

애초에 그는 김태린을 죽이기 위해 작정하고 이곳까지 온 모양이었다.

만약 그렇지 않았다면 김태린의 기도가 막혔다는 사실을 알고도 그냥 못 본 채 할 리가 없기 때문이다.

이제 곧 그녀는 목숨을 잃을 것이고, 남은 것은 누군가 태린의 시신을 찾아주는 것이었다.

하지만 바로 그때였다.

"거기, 누구야?!"

"허, 허억!"

불이 꺼진 병실로 아주 작은 체구의 여자가 들어섰고, 괴한은 태린의 목에 칼을 꽂아둔 채 돌아섰다.

"…젠장, 누구냐!"

그는 주머니에서 시퍼렇게 날이 선 회칼을 꺼내들었다.

그것으로 자신을 막아선 여자를 찌를 생각인 것 같았다.

하지만 그는 그녀를 향해 달려들기도 전에 너무나도 어처구니없게 제압을 당하고 말았다.

철컥!

"칼 버려… 대가리에 바람구멍이 나는 수가 있다!"

"겨, 경찰?!"

"검찰이다, 이 새끼야! 엎드려, 어서!"

"제기랄……!"

그는 재빨리 머리를 굴리다, 이내 도망치는 쪽을 선택했다.

"비켜, 이년아!"

무작정 앞으로 돌진하여 그녀를 밀쳐내려던 그는 순식간에 몸이 뒤집히고 만다.

"머저리 같은 놈이!"

부웅!

쿠웅!

"크헉!"

그녀의 시원한 엎어치기에 일순간 바닥을 나뒹군 그는 흐려지는 시선을 다잡기 위해 노력한다.

하지만 이내 그녀의 발길질이 이어졌고, 정신을 잃어버렸다.

"이따가 서에서 다시 보자!"

빠악!

"……."

그날 저녁, 태린의 경동맥을 복구하는 수술이 이어졌다.

유주는 수술실 밖에서 초조하게 결과를 기다리고 있는 중이었고, 옷에는 범인의 것으로 보이는 타액이 묻어 있었다.

형사들은 태린의 목덜미에 꽂혀 있던 범인의 흉기에서 지문을 채취하여 현장에서 검거한 괴한의 것과 일치한다는 것을 증명해냈다.

이제 남은 것은 누가 이 일을 지시했는지를 밝혀내는 것뿐이었다.

"제기랄……!"

유주는 오늘 이곳에 경찰을 파견하여 태린을 보호해 줄 요량이었지만, 지원팀이 조금 실수를 하는 바람에 인력의 공백이 생기고 말았다.

그로 인해 태린은 목숨을 잃을 뻔했고, 유주는 다시 한 번 가슴을 쓸어내릴 수밖에 없었다.

"…김태우, 이 개만도 못한 자식!"

그녀는 이 사건의 배후에 분명 김태우가 있을 것이라고 확신한다. 하지만 그에 대한 증거가 없기 때문에 답답할 따름이었다.

잠시 후, 수술을 담당한 외과 의사들이 병실에서 쏟아져 나왔다.

지이이잉—

자동문을 열고 나온 그들에게 달려간 유주가 수술 경과를 물었다.

"어떻게 되었습니까? 살아 있습니까?"

"일단 고비는 넘겼습니다. 다행이도 경동맥을 뚫고 들어간 칼이 아주 얇은 것이었기 때문에 대참사는 피했습니다."

"휴우……."

한 숨 돌리는 유주, 이제 그녀는 더 이상 안심하고 태린을 이 병원에 상주 시킬 수 없음을 인지했다.

'이대로라면 정말 태린이가 죽고 말 거야.'

하지만 그렇다고 태린을 다른 곳으로 데리고 간다고 하면 당연히 그룹에서 반대를 할 것이 뻔하다.

지금 태린은 엄연히 그룹의 대주주이기 때문에 그녀가 없어지는 것은 지분이 공중에 붕 떠버려 아예 없어진다는 것과 마찬가지이기 때문이다.

'쉽지 않은 일이군…….'

그렇다고 이대로 그녀를 가만히 병원에 내버려 두었다간 도대체 무슨 사태가 벌어질지 아무도 장담할 수가 없었다.

그녀는 이제 정말로 결단을 내려야 할 때가 왔음을 깨달았다.

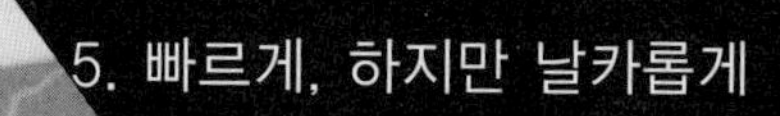

5. 빠르게, 하지만 날카롭게

미국 월 스트리트 PK호텔 스카이라운지.

이곳에 영국계 보석 상인이자 쥬얼리 그룹의 총수, 에네스 베이얼른이 태하와 마주 앉아 있었다.

그는 아프리카 다이아몬드 광산에서부터 시작하여 지금의 그룹을 이룬 진짜 보석상으로 에네스가 감정한 보석은 절대적인 신뢰를 얻게 되며, 그 즉시 프리미엄을 받게 된다.

"흐음……."

"어떻습니까?"

라이언은 태하와 그가 직접 접선할 수 있도록 다리를 놓아주었으며, 이곳으로 가지고 온 보석들을 그의 회사에 판매할 수 있도록 포섭해 두었다.

에네스는 라이언에게 큰 빚을 지고 있었는데, 그의 기업이 공격형 M&A를 당할 뻔했을 때 구해준 인연이 있었다.

때문에 에네스는 시세보다 조금 더 높은 가격을 제시할 생각이었다.

하지만 이 보석들을 그렇게 주고 샀다간 아마도 그의 재산이 남아나지 않을 것이었다.

"…도대체 이런 물건은 어디서 구했습니까?"

"집안 대대로 내려져 오던 가보들입니다. 러시아 지방에 있는 다이아몬드 광산에서 구했다는 것밖에는 모릅니다."

"흐음… 이 정도 물건이면 핑크 스타보다 훨씬 더 높은 가격을 받을 수 있을 겁니다."

"핑크 스타요?"

"지금까지 팔린 다이아몬드들 중에 가장 비싼 물건입니다. 8,300만 달러에 낙찰되었지요."

"허, 허억! 그렇게나……."

"그리고 이 블루사파이어들도 거의 최상품입니다. 아무리 못해도 1000만 달러는 족히 받겠어요."

태하는 대략 이 정도면 충분하겠거니 하는 마음으로 보석을 챙겼다가 전혀 생각지도 못했던 가격을 받아 어안이 벙벙

한 상태였다.

“이제 이것을 보석 경매에 내어놓으면 됩니다. 저는 제 이름을 빌려드리는 대신 수수료를 받고 싶군요. 이것들을 제가 모두 다 사기엔 너무 부담이 되거든요.”

“대신 판매를 해주고 수수료를 납부하라는 말씀이시죠?”

“예, 그렇습니다. 아무리 저라도 그룹에서 돈을 빼내 구매하지 않는 이상 이것들을 구매하기란 쉽지 않습니다. 더군다나 이런 최상급 보석들은 취득세도 만만치가 않거든요.”

에네스는 자신이 이 보석들을 취하여 소장하는 대신 다른 곳으로 시선을 돌려 값을 올리는 편이 낫다고 생각했다.

그렇게 되면 수수료도 꽤 짭짤할 테니, 그로서도 나쁜 장사는 아니었다.

태하는 즉시 그 제안을 수락했다.

“좋습니다. 그럼 제 물건들을 보석 경매에 넘기기로 하지요.”

“그렇게 하시겠습니까? 그럼 이달 말에 열리는 우리 그룹 보석 경매에 제 이름을 걸고 참여하시는 것으로 알겠습니다.”

“네, 그렇게 해주십시오.”

생각보다 더 좋은 가격을 받게 되었음에 기뻐하는 태하, 그의 곁에는 빙그레 웃고 있는 실버가 있었다.

에네스는 실버를 바라보며 고개를 갸웃거렸다.

"그런데 이 개는 견종이 뭡니까?"

"저도 잘 모릅니다. 그냥 산에서 만나서 친구가 된 것이라서 말입니다."

"아아, 산! 그렇다면……."

"들개입니다."

태하는 실버를 늑대라고 소개할 수가 없어 그냥 대충 들개라고 둘러댔다.

하지만 들개라고 하기엔 실버의 털과 눈동자에는 말로는 도저히 설명할 수가 없는 신비로움이 가득했다.

"매력적인 견종이군요."

"그런가요?"

"나중에 기회가 된다면 저희 집에 있는 최상품 셰퍼트와 교배를 시키고 싶네요. 어떻게, 허락해 주시겠습니까?"

태하는 고개를 돌려 실버를 바라보았고, 실버는 눈을 동그랗게 뜬다.

"헥헥! 아우우!"

"하하, 실버도 좋은 모양입니다."

"하하, 제가 봐도 그런 것 같군요."

그는 태하에게 개인 번호가 적힌 명함을 한 장 건넸다.

"나중에 그 친구와 함께 모시겠습니다. 시간이 남으실 때 연락 주시지요."

"네, 알겠습니다. 마침 잘 되었군요. 실버도 회포를 풀어야 할 테니까요."

"하하, 누이 좋고 매부 좋고, 아주 좋습니다! 그럼 교배비는……."

"됐습니다. 나중에 새끼가 태어나거든 연락이나 한번 주시죠."

원래 모견이 자견을 낳으면 부견에게 약간의 교배비를 지불하거나 새끼를 한 마리 데리고 오는 것이 관례다.

하지만 태하는 그런 이윤적인 것에는 별로 관심이 없는 사람이다.

"아무튼 나중에 연락드리지요."

"네, 그럼……."

이윽고 태하는 그곳을 나섰고, 실버는 조금 들뜬 표정으로 그를 뒤따랐다.

* * *

영국 보석명가 베이얼른 그룹에서 최상급 보석 경매가 열렸다.

오늘 경매에는 영국의 재계 인사들은 물론이고 정계, 연예계, 군벌까지, 거의 영국의 모든 재력가가 모였다고 할 수 있었다.

지금은 경매가 열리기 전, 베이얼른 회장의 사가에서 파티가 열리고 있다.

빠바바밤—

낮게 음악 소리가 울려 퍼지는 베이얼른 그룹 사택에는 붉은 융단과 최고급 모피로 만든 카펫이 깔려 있었다.

또한, 그 벽은 최고급 대리석과 호박석으로 수놓아져 있었으며, 그곳에 걸린 예술품은 모두 유명 화백의 것들이었다.

태하는 그중에서도 한국 인상파 화가 김난석의 작품을 감상하고 있다.

"설마하니 그분의 작품이 이곳에 있을 줄이야……."

매일생한불매향(梅一生寒不賣香), 한국 근현대사를 통틀어 가장 기품 있고 기상이 넘치는 화백 김난석을 지칭하는 수식어였다.

그는 일제강점기를 지나면서 대한민국이 근대화의 격동기를 겪던 시절, 민주화를 위해 자신의 몸을 내던진 민주 투사였다.

김난석은 이때, 상당히 유명한 화가였음에도 불구하고 자신의 그림을 한 점도 판매하지 않았던 것으로 유명하다.

그는 자신이 굶어죽었으면 죽었지 예술의 혼을 절대로 돈 주고 판매하지 않겠다는 신념을 가지고 있었다.

하여, 김난석은 민주화 운동을 펼치다 옥중에서 생을 마감

하는 그날까지 총 400점의 그림을 남겼지만 단 한 점도 판매된 역사가 없었다.

당시, 김난석의 재산은 충북 제천의 허름한 초가삼간과 경운기 한 대가 전부였다.

그럼에도 불구하고 그는 자신보다 더 어려운 학생들을 위해 하루 종일 밭을 갈아 장학금을 마련했다.

지금 대한민국 정계에 있는 거물들 중 민주화 항쟁에 참여했던 사람이라면 전부 그를 자신의 스승이자 정신적 지주로 떠받들고 있을 정도였다.

그런 그의 그림이 이곳에 있다니, 태하는 의아한 마음을 품을 수밖에 없었다.

하지만 태하의 이런 의문점을 한 방에 풀어줄 여인이 등장했다.

"한국에서 오신 모양이지요?"

태하는 자신의 곁으로 다가선 한 여인을 바라본다.

그녀는 적갈색 머리카락에 푸르른 눈동자를 가진 늘씬한 미녀였다. 아마 하늘에서 천사가 날개를 잃고 떨어졌다면 이런 모습이지 않을까 싶었다.

그는 조용히 고개를 끄덕였다.

"예, 그렇습니다. 어떻게 아셨지요?"

"김난석 선생의 그림을 뚫어지게 쳐다보시고 계시기에 한국에서 오셨다고 직감했지요."

"선생을 잘 아십니까?"

"기분의 기품 있는 작품을 좋아하지요. 이 그림은 집주인께서 한국에 머물던 시절에 차용증 대신 받은 물건이라고 들었습니다."

"차용증이라?"

"당시, 한국은 민주화 항쟁이 한창이었다더군요. 그때 김난석 선생께선 민주 투사들을 먹여 살리기 위한 자금을 마련하고 계셨고, 지인의 소개로 돈을 빌려줄 사람을 소개받으셨습니다."

"그때 그 사람이 바로 베이얼른 회장이시고요?"

"네, 맞습니다. 베이얼른 회장님은 김난석 선생께 돈을 빌려드리는 대신 차용증으로 그림을 그려달라고 하셨습니다. 하여, 선생께선 그 자리에서 그림을 그려 드렸지요."

"그래서 결국 돈을 못 갚아 그림이 회장님께 온 것이군요?"

"그렇다면 그런 셈이죠. 그분께선 돈을 빌리고 나신 후에 곧바로 돌아가셨으니까요."

"아아……!"

"안타까운 일입니다만, 그분께서 판매하신 그림은 이게 전부입니다. 나머지 그림은 사가에 보관되어 있다고 들었습니다."

태하는 지금 김난석이 생전에 마지막으로 그렸던 그림인 '운수 좋은 날'을 직접 보게 되었음을 감탄한다.

"운이 좋군요. 살아생전에 선생의 그림을 직접 볼 수 있다니……."

"그러게 말이에요."

두 사람이 나란히 서서 이야기를 나누던 그때, 그녀의 곁으로 한 무리의 사내들이 다가왔다.

"아가씨, 이곳에 계셨군요."

"무슨 일이죠?"

"의원님께서 찾으십니다. 어서 가시죠."

"그래요? 알겠어요."

그녀는 태하에게 살짝 고개를 숙인다.

"그럼 저는 이만……."

"네, 설명 감사했습니다."

서로 인사를 나눈 두 사람, 그들은 그렇게 멀어져 갔다.

*　　　*　　　*

늦은 밤, 경매를 위한 파티가 마무리되었다.

이제부터는 본격적으로 태하가 출품한 초고가 보석들이 경매에 선보이게 될 것이다.

에네스 베이얼른 회장의 측근들 중에서 경매에 능통한 사람이 나와 입찰을 진행하기 시작했다.

—지금부터 경매를 진행하겠습니다. 다들 아시겠지만, 경매의 최저가는 감정가의 50%부터 시작합니다.

베이얼른이 보석을 감정하면 그것은 진품으로서의 가치를 인정받게 되는데, 그는 경매에 앞서 그 보석의 대략적인 감정가를 결정한다.

그렇게 되면 보석의 절반가격인 50%부터 본격적으로 경매가 시작되는 것이다.

가장 먼저 선을 보인 것은 북해빙궁 제1창고에 있던 보석 중 가장 작은 블루 다이아몬드였다.

하지만 세공의 정교함과 주변 데커레이션의 아름다움이 보석의 값어치를 높여주고 있었다.

경매사는 이 보석의 이름을 '서퍼마린'이라고 지었다.

—가칭, 서퍼마린입니다. 35캐럿의 블루 다이아몬드이며, 퍼펙트 등급의 최상급 다이아몬드입니다.

가칭 서퍼마린이 모습을 드러내자, 사람들은 감탄을 금치 못한다.

"오오……!"

"저렇게 영롱한 물건이……?!"

사실, 태하는 지금 워낙 많은 다이아몬드를 소유하고 있었기에 35캐럿짜리 다이아몬드가 얼마나 귀한 것인지 가늠조차 못하고 있다.

블루 다이아몬드는 0.5캐럿에 무려 1억 원을 호가하는 최고급 보석으로, 만약 이것이 최상급 35캐럿이 될 경우엔 대략 60~70억을 호가하게 된다.

그러니까 지금 태하가 가지고 나온 물건들 중 가장 저렴한 녀석이 아무리 못해도 한화 50억에 상당한다는 소리였다.

하지만 여전이 그 가치에 대해 가늠을 잘 못하고 있는 태하, 하지만 그의 생각은 채 5분도 되지 않아 깨어졌다.

—서펴마린의 감정가는 600만 달러입니다. 자, 그럼 300만 달러부터 경매를 시작합니다.

사회자가 300만 달러를 입 밖으로 내뱉는 순간, 입찰에 참여한 사람들은 앞 다투어 푯말을 들기 시작했다.

"350만!"

—자, 350만 나왔습니다!

"400만!"

—숙녀분께서 400만 부르셨습니다.

"…550만!"

—네, 왼쪽 신사께선 550만을 외치셨습니다. 그럼 더 이상 지원자가 없다면…….

"600만!"

—아, 600만! 가격이 너무 많이 올라가는데요? 더 입찰하실 분, 계십니까?

"700만!"

—700만! 700만 나왔습니다!

"…800만!"

—800만 달러! 800만 달러가 나왔습니다! 또 지원하실 분 안 계십니까?

"820만!"

—아아, 820만! 820만 나왔습니다! 자, 그럼 5초 안에 지원자가 더 나타나지 않으면 820만 달러에 낙찰된 것으로 하겠습니다!

지금 태하는 저 사람들이 도대체 무슨 소리를 하고 있는 것인지 이해할 수가 없었다.

'저 작은 돌덩이 하나에 80억을 쏟아 붓는다고?! 세상에, 그렇게나 비싼 보석이었던가……?!'

만약 태하가 귀금속에 조예가 깊었다면 모를까, 보석이라곤 어머니와 동생에게 사다주던 작은 반지와 목설이가 전부였기에 아는 것이 전무했던 것이다.

이럴 줄 알았다면 보석을 훨씬 더 조금 챙겨 나올 걸, 하고 후회하는 태하였다.

*　　*　　*

태하가 내어놓은 보석들은 대략 20점, 그것들의 총 가격은 아직 절반밖에 책정이 되지 않은 상태였다.

그는 북해빙궁을 나올 때 40점의 보석들을 가지고 나왔지만, 그것들을 전부 팔아먹기엔 일이 너무 커질 것 같았던 것이다.

그리하여 태하는 가장 큰 핑크 다이아몬드를 포함하여 딱 10점의 보석만 경매에 넘기기로 했다.

하지만 지금까지 판매한 9점의 다이아몬드들의 가격만 해도 벌써 8천만 달러를 호가했다.

과연 저 핑크 다이아몬드를 판매한다면 얼마나 큰 금액이 책정될지 가늠조차 되지 않는 태하였다.

사회자는 후끈 달아오른 경매장의 분위기를 몰아 마지막 물건을 경매에 올렸다.

—자, 이번 물건은 오늘의 하이라이트인 가칭 핑크 레이디입니다. 핑크 레이디는 60캐럿의 핑크 다이아몬드로, 퍼펙트 등급의 최상품입니다. 다들 아시다시피 2013년도에 59.6캐럿의 핑크 스타가 8,318만 7,381달러에 판매되었지요. 하지만 저는 핑크 레이디는 핑크 스타보다 크기와 질 면에서 봐도 월등이 앞서는 물건이라고 자신합니다. 그럼, 지금 바로 공개하겠습니

다. 핑크 레이디입니다!

사회자의 소개와 함께 북해빙궁에서 가장 큰 분홍색 다이아몬드가 모습을 드러냈다.

"오오! 저, 저것이 과연 다이아몬드란 말인가?!"

"아름답다……!"

이곳에 모인 사람들은 귀금속에 관련된 일에 종사하거나 수집에 목적을 둔 사람들이었다.

한마디로 보석 마니아들만 죄다 모아놓았다고 해도 무방했다.

그런 가운데 저런 엄청난 물건이 등장하니, 사람들이 군침을 흘리지 않을 수가 없었다.

이윽가 사회자는 곧바로 입찰에 들어갔다.

—핑크 스타의 감정가는 1억 달러입니다. 경매의 시작가는 5천만 달러, 그럼 경매를 시작합니다!

그가 경매를 시작한다고 외치자마자 사람들은 미친 듯이 푯말을 들기 시작한다.

"6천만!"

—6천만 나왔습니다!

"7천만!"

—7천만!

"…9천만!"

—9천만 나왔습니다! 더 안 계십니까?!

"1억!"

—드디어 1억 달러가 나왔습니다! 입찰하실 분, 더 계십니까?!

1억 달러라는 말에 장내는 잠시 정적으로 가득차기 시작했고, 사회자는 이내 입찰 방망이를 두드리려 한다.

—자. 그럼—

하지만 바로 그때였다.

"잠깐!"

—더 계십니까?!

"1억 2천만!"

—허,허억! 1억 2천만?! 대단합니다!

순간, 장내엔 찬물을 끼얹은 듯한 정적이 흘렀다.

손을 든 사람은 이제 20대 후반이나 되었을 법한 여성으로, 손을 드는데 전혀 거침이 없었다.

이제 사람들은 슬슬 그녀에게 낙찰을 축하한다는 박수를 준비했다.

그러나 그것은 사람들의 착각에 불과했다.

—자, 그럼—

"1억 5천만!"

"……!"

그녀를 이어 또 다른 한 여자가 손을 들었는데, 사람들은 그녀를 바라보며 이내 박수를 칠 수밖에 없었다.

—아아, 보네거트 가의 영애께서 손을 들어주셨군요! 또 안 계십니까? 자, 그럼 67번 손님께 낙찰!

짝짝짝짝짝!

보네거트.

미국 재계 순위 50위 안에 드는 거물급 기업이다.

이들은 정계와 재계, 군벌을 넘나드는 거대한 인맥으로 거미발식 사업을 펼치기로 유명하다.

정부의 규제가 삼엄한 미국의 재계에서 이들처럼 엄청난 갈래의 손을 뻗은 그룹은 아마 존재하지 않을 것이다.

그런 보네거트 가의 딸이 입찰에 참여했다는 것은 더 이상 이곳에선 적수를 찾아볼 수 없다는 소리나 마찬가지였던 셈이다.

태하는 결국 1억 5천만 달러에 보석을 낙찰 받은 그녀의 얼굴을 바라본다.

'아까 그 여성이군. 어쩐지, 귀품이 넘치긴 했었는데…….'

그는 아까 김난섭 화백의 그림을 직접 소개해 준 사람이 바로 보네거트 사의 딸이라는 것을 알 수가 있었다.

'인연은 인연이군…….'

태하가 평소 존경하던 화백의 그림에 대해 설명해 준 사람이 그의 보석까지 낙찰하다니, 이것이야말로 인연이라고 할 수 있었다.

하지만 그런 인연은 다시 한 번 겹치게 되었다.

지이이잉—

태하는 불현듯 울리는 자신의 핸드폰을 바라봤다.

[접니다. 보네거트 의원님께서 잠시 뵙고자 하시는군요. 시간을 내어주실 수 있습니까?]

문자를 보낸 사람은 다름 아닌 에네스였다.

아마 그는 태하가 보석의 원래 주인이라는 것을 보네거트가에 이실직고한 모양이었고, 태하는 그들의 대면을 요청 받은 것이었다.

그는 가만히 문자와 저 여성을 번갈아보다가 이내 답신을 적어 보낸다.

[좋습니다. 장소를 정해주십시오.]

[사가 3층에 있는 제 방으로 오시면 됩니다.]

[알겠습니다.]

이윽고 태하는 사가 3층으로 향한다.

*　　　*　　　*

베이얼른 가 3층에 위치한 회장.

에네스의 처소에 보네거트 가 사람 두 명이 태하와 마주하고 있었다.

그들은 보네거트 가의 차남 로빈과 장남의 차녀 줄리아나였다.

로빈 보네거트는 미국 상원의원으로, 집안의 전폭적인 지원에 힘입어 국회까지 진출한 사람이었다.

또한, 그의 정치적 역량은 40대에 꽃을 피워 무려 10년간 그룹의 명성에 빛을 더하고 있었다.

그리고 그의 조카이자 보네거트 회장의 딸인 줄리아나는 대학에서 고전미술과 현대미술을 전공한 큐레이터 출신의 보석 수집가였다.

그녀는 이른바, 노블레스 재테크의 귀재로서 보석과 미술품을 보는데 탁월한 재능을 가지고 있었는데, 지금까지 그녀가 구매했던 미술품들은 전부 2배에서 3배까지 가격이 치솟아 있었다.

그녀는 그 모든 미술품들을 처분하는 조건으로 집안에서 자금을 차용하여 핑크 레이디를 구매했는데, 이 보석에는 그만 한 가치가 있었다고 그녀는 판단했던 것이다.

로빈은 이 엄청난 보석을 소유했던 태하가 궁금하지 않을 수가 없었다.

그리하여 두 질숙은 태하를 늦은 밤에 초대하게 되었던 것이다.

로빈 보네거트는 태하에게 최상품 위스키를 한 병 선물했고, 그는 그것을 그 자리에서 개봉하여 술자리를 채우기로 했다.

태하는 자신을 카미엘 엑트린이라고 소개했고, 본격적인 술자리가 시작되었다.

쪼르르르—

작은 유리잔에 태하가 개봉한 위스키가 정갈하게 자리를 잡는다.

"술이 좋군요."

"선생이 팔아준 보석에 비하겠소?"

"과찬이십니다."

로빈은 태하에게 핑크 레이디 칭찬을 줄줄이 늘어놓는다.

"처음 보는 순간 저는 이 보석이 억만 금의 값어치가 있다고 직감했소. 저 영롱한 빛깔과 컷팅, 아무나 만질 수 있는 보석이 아니지."

"그렇게 판단해 주셨다니, 감사할 따름이군요."

"아무튼 선생 덕분에 우리 집안이 환하게 빛나겠구려."

"그렇다면 다행입니다."

이윽고 태하는 줄리아나의 잔을 채워주며 말했다.

"좋은 주인을 만난 핑크 레이디가 부러울 따름이군요."

"아니요, 제가 괜히 보석에 누가 되지 않을지 걱정이네요."

"그럴 리가요. 이렇게 아름다우신 영애께서 보석을 가지고 가시는데, 핑크 레이디가 당신께 절을 해야 할 판이지요."

"후후, 고마워요."

아주 화기애애하게 흘러가는 술자리, 로빈은 넉살 좋고 외모 또한 수려한 태하가 썩 마음에 든 모양이었다.

그는 지금 환골탈태한 외모에 아주 약간의 변화만 주어 딴 사람처럼 보이고 있었는데, 그 외모가 가히 천하일품이었다.

원래 로빈은 간단히 만나 보려고만 했는데, 이런 태하에게 호감을 느껴 급작스러운 술자리까지 마련하게 된 것이었다.

로빈은 태하에게 명함을 한 장 건넸다.

"혹시 시간이 된다면 골프나 한번 칩시다."

"저야 영광이지요."

"허투로 말하는 것이 아니라 진심이오. 나는 당신이 무슨 사업을 하는 사람인지 모르겠으나, 사람 자체는 썩 괜찮다고 생각하오. 그래서 하는 진지한 얘기요. 언제 시간이 괜찮겠소?"

태하는 이내 난색을 표한다.

"저야 내일이라도 당장 필드로 나가고 싶습니다만, 제가 부동산 입찰에 참여하게 되어서 말입니다. 이 일이 마무리되기 전까진 움직이기가 힘들 것 같습니다."

"흐음, 그렇단 말이지……."

로빈은 가만히 생각에 잠겼다가, 이내 줄리아나를 바라보며 물었다.

"줄리아나? 네가 공인중개사 자격증이 있었던가?"

"네, 삼촌."

"그럼 줄리아나 네가 카미엘 씨를 도와주면 되겠구나."

"제가요?"

"부동산에 대한 것도 꽤 조예가 깊으니, 네가 도움을 준다면 보다 빨리 일이 마무리 되지 않겠느냐?"

태하는 두 사람에게 손을 내젓는다.

"아닙니다. 저는 그저……."

"알았어요, 제가 할게요."

"그래? 그것 참 잘되었구나."

당연히 부동산 중개를 거절할 줄 알았던 그녀는 태하의 예상과는 다르게 곧장 제의에 수락했다.

물론, 그녀가 직접 중개를 한다는 것은 아니었지만 말이다.

"잘 아는 부동산 공인중개사들이 있어요. 함께 일을 처리하면 빠르고 좋을 겁니다."

"하지만 누가 되지 않겠는지요?"

"무슨 그런 말씀을요?"

"저는 입찰만 걸어놓고 계약을 파기할 수도 있습니다만?"

"후후, 괜찮아요. 거액의 부동산 거래는 그런 일이 비일비재하니까요. 너무 걱정하지 말아요. 일이 잘못되면 술이나 한잔 사시면 되죠."

"으음……."

깊이 고민하는 태하, 하지만 결국 그 모든 것이 태하의 것이 될 테니 큰 문제는 없을 것이다.

또한, 일이 틀어진 것에 대한 사과로 그녀에게 보석을 몇 개 안겨준다면 오히려 더욱 훈훈한 분위기가 이어질 수도 있을 터였다.

'그래, 보네거트 가문이라면 굳이 마다할 필요는 없지.'

그는 일단 내민 손을 잡기로 한다.

"좋습니다. 도와주신다면 보답으로 좋은 보석을 선물로 드리겠습니다."

"어머나, 그러지 않으셔도 되는데……."

"괜찮습니다. 일이 마무리 되는 대로 목걸이를 선물하도록 하지요."

"통이 꽤 크시네요?"

화끈하게 성의를 표시하겠다는 태하, 로빈은 그런 그가 더욱더 마음에 든 모양이다.

"좋군! 그럼 우리 두 가문이 서로 만난 것도 인연인데, 한잔 하자고. 건배!"

"건배!"

세 사람은 이내 술잔을 깔끔하게 비워냈다.

* * *

뉴욕의 한 부동산 공인중개사 사무실, 은색 수트 케이스를 든 라일라는 줄리아나 보네거트와 함께 있었다.

라일라는 태하의 지시로 줄리아나와 함께 부동산 공인중개사들을 만나고 다녔는데, 그 계약금은 모두 며칠 전에 태하가 그녀에게서 받았던 돈이었다.

그녀는 계약금 명목으로만 무려 1억 달러에 달하는 돈을 준비했고, 줄리아나는 자신의 인맥을 동원하여 명의자들과 접촉하는데 성공한 상태였다.

그녀는 오늘 계약서를 작성하고 잔금을 치르는 등의 절차에 대해서 논의하기 위해 태하를 이곳까지 불러내려 했다.

하지만 라일라는 태하가 이곳에 나올 수 없다며 딱 잘라 거절했다.

"보스께선 아주 바쁘십니다."

"그렇게 바빠요? 얼굴이나 좀 보려고 했더니."

"…능력자는 항상 바쁜 법이지요."

"아, 그런가요?"

라일라는 몸매며 얼굴이며, 가히 완벽에 가까운 그녀가 별로 마음에 들지 않는 모양이었다.

하지만 정작 줄리아나는 크게 신경을 쓰지 않는 것 같았다.

"아무튼 그들이 말하길, 선수금은 건물 값의 10%, 그 이하는 계약하기가 힘들 것 같다고 하네요."

"그렇다면 중도금과 잔금은 언제쯤 치르면 되나요?"

"입주가 가능한 시점이 언제인지 종합을 해봐야 알겠습니다만, 아무래도 한 달 이내로 마무리가 되어야 하지 않겠어요?"

"으음, 한 달이라?"

한 달이면 태하가 모든 일을 마무리하고 명의를 다시 자신의 것으로 되돌리기에 충분한 시간이다.

그녀는 흔쾌히 고개를 끄덕인다.

"좋아요. 그럼 정확히 한 달 후에 한꺼번에 잔금을 치르고 입주하는 것으로 하죠."

"괜찮겠어요? 그분과는 상의가 된 것이죠?"

"…물론이죠."

"아아, 그렇군요."

끝까지 태하의 이름만 거론하는 줄리아나, 라일라는 심기가 불편해서 빨리 일을 마무리 짓기로 마음먹었다.

"…아무튼 일을 도와주셔서 고맙습니다."

"아니요, 별말씀을……."

계약금만 넣고 계약이 파기되면 공인중개사는 돈을 한 푼도 받지 못하게 된다.

하지만 그녀는 애초에 부동산 계약이 성사되는 것은 크게 신경 쓰지 않고 있었다.

어차피 핑크 레이디가 갖는 엄청난 메리트에 비하면 이것은 그저 아이들 소꿉장난에 불과하다고 생각했기 때문이다.

때문에 그녀는 보수나 수수료에 대한 것을 일체 받지 않겠다고 못을 박았다.

"아참, 그리고 혹시나 해서 말씀드리는 것인데, 저는 보수를 따로 받기로 했어요. 그러니 현금이나 채권 같은 것은 준비하지 마세요."

"…수수료를 따로 받기로 했다고요?"

"네, 그래요. 당신의 보스께 전해 듣지 못했나요?"

"금시초문입니다만……."

"으음, 그런가요? 하지만 그분께서 분명히 그랬어요. 저에게 대신 선물을 주신다고요."

"…그렇군요."

라일라는 속으로 이 두 사람의 관계가 도대체 어떤 것인지 궁금해졌다.

'계약금만 1억 달러인데, 이 계약을 그냥 거저 해주겠다

고? 더군다나 보스께선 어차피 이뤄지지 않을 계약에 선물까지…….'

그녀는 연신 고개를 갸웃거려 보지만, 진실은 오로지 본인들만 알고 있을 뿐이다.

"그럼 저는 이만……."

"……."

라일라는 조금 떨떠름 표정으로 돌아섰다.

*　　　*　　　*

늦은 밤, 태하는 유주와 전화를 주고받고 있었다.

"태린이가……!"

—만약 내가 단 1초라도 늦었다면 지금쯤 태린이는 이 세상에 없었을 거야.

"김태우, 이 버러지만도 못한 자식이!"

태하는 동생 태린이 어떤 괴한에게 습격을 당할 뻔했다는 소식에 격분하지 않을 수 없었다.

범인은 아마도 김태우가 고용한 킬러가 분명했다.

"인간 망종 같은 자식, 어떻게 그 여린 아이를……!"

—이젠 더 이상 방법이 없어. 이렇게 계속 지내다간 태린이가 죽고 말아.

지금 김태우가 과연 무슨 생각을 갖고 있는지 알 수는 없지만 태린이 위기에 놓인 것만은 확실해보였다.

"흐음……."

―아무래도 안 되겠어. 내가 태린이를 데리고 도망치는 수밖에.

"뭐라고? 그게 가능하겠어? 경계가 꽤나 삼엄할 텐데?"

―괜찮아. 나는 검찰이잖아. 못할 것도 없지.

"만약 태린이를 무사히 데리고 나온다면 다행이지만……."

―실패할 경우엔 내가 옷을 벗는 한이 있더라도 재도전해볼게. 그러니 너는 걱정하지 말고 기다리고 있어.

"…휴, 이것 참 네가 고생이 참 많구나."

―고생은 무슨, 사람 목숨을 살리는 일에 고생이 어디 있어?

이윽고 그녀는 핸드폰으로 좌표를 하나 보냈다.

―내가 갈 예상지점이야. 캐나다 북부에 위치한 산장이지. 이정표나 지도로는 찾지 못하고 오로지 위성 좌표로만 찾을 수 있어.

"안전 가옥을 마련해 두었구나?"

―내사과에서 사용하던 안전 가옥인데 내가 기록을 삭제하고 개인 명의로 돌렸어. 원래 이곳은 우리 집안의 별장이었거든.

"그래, 그런 일이 있었구나."

—아무튼 태린이 일은 너무 걱정하지 마. 내가 잘 아는 저명한 의사가 한 명 있거든. 그를 포섭해서 함께 데리고 갈게.

"알겠어. 나도 이쪽에서 의사를 대동해서 함께 찾아갈게."

—그래, 알겠어.

이윽고 전화를 끊은 유주, 태하는 홀로 사무실에 남아 조용히 눈을 감았다.

'조금만 더, 조금만 더 참으면 태린이와 함께 살 수 있다! 나의 부모님을 죽인 원수 놈들, 각오하는 것이 좋을 것이다!'

태하는 속으로 바득바득 이를 갈았다.

* * *

이제 모든 준비가 끝났다.

에이마르 홀딩스는 지분매집을 마무리 지었고, 태하는 자신이 가진 돈으로 그들의 건물에 올린 입찰을 계약금으로 막아 놓았다.

또한, 지금 에이마르 홀딩스의 차명 지주들은 매매계약서를 작성하여 모두 리처드에게로 넘기는 중이다.

한마디로 지금 이 순간부터 에이마르 홀딩스의 지분들은 전부 한 사람에게로 모이게 된다는 소리였다.

이제 태하는 본인이 본인에게 계약금을 준 격으로 일을 처리하여 마무리에 들어가면 상황은 그걸로 끝이다.

태하는 슬슬 이 모든 일에 마무리를 지을 때가 왔다고 생각했다.

그는 이 사건의 중심이자 모든 일의 열쇠가 될 리처드의 개인 신상 정보를 얻어냈다.

페르난드는 BSC홀딩스 대표이사 집무실에 앉아 있는 태하에게 파일을 가져다 바치며 말했다.

"제가 이런 말씀을 드리긴 뭐하지만, 만약 놈들을 제거하실 것이라면 지금이 적기일 겁니다."

"그런 말을 하는 이유는?"

"BSC홀딩스의 지분을 가지고 있던 중간보스들이 거의 다 쓸려 버리면서 지금 조직은 허리 라인을 잃었습니다. 여기서 조직의 핵심인물 몇 명만 제거하면 그들은 벼랑 끝으로 몰리게 될 겁니다."

"흐음……."

지금 그가 하는 말은 세상 그 어떤 누구보다 더 신빙성이 있는 소리라고 할 수 있었다.

태하는 리처드의 개인 신상 정보 뒤에 있는 몇 장의 파일을 살펴봤다.

그곳에는 리처드의 오른팔과 왼팔이라고 할 수 있는 인물들이 나열되어 있었다.

"첫 번째, 마크 제이톰슨입니다. 익히 알다시피 놈은 다혈질입니다. 하지만 그만큼 실력도 좋지요. 다만, 여성 편력이 심해서 약 없이는 성관계를 맺지 못 한다는 단점이 있지요."

"…꽤 자세히 알고 있군?"

"같은 조직에 있었으니까요."

"흐음……."

이윽고 그는 다음 인물을 지목한다.

"이 두 사람은 같은 서열 내에 있습니다만, 둘 다 조직내 영향력이 꽤 큽니다. 제거하시면 도움이 될 겁니다."

태하는 이 두 사람을 본 적이 있었다.

"나탈리아와 제프 페롤슨이라… 이 두 사람은 꽤 괜찮은 인재였던 것으로 기억하는데?"

"그렇긴 합니다만 회유할 수 없다면 죽여야지요. 남겨두면 골칫거리가 될 겁니다."

"그렇군."

마지막으로 그는 태하에게 다니엘의 프로필을 건넸다.

"가장 중요한 놈입니다. 이놈이 핵심이라고 할 수 있지요."

"다니엘 라이너슨, 그래! 항상 이놈이 문제였던 것 같더군."

"지금 처리하시는 편이……."

태하는 고개를 가로저었다.

"아니, 놈은 마지막에 내가 직접 손보겠다."

그는 페르난드에게 말했다.

"꽤 정보력이 좋군."

"과찬이십니다."

"앞으로 하는 것을 봐서 계속 정보통으로 사용할 수 있도록 고려해 봐야겠어."

"감사합니다!"

페르난드가 태하의 정보원이 된다면 그는 평생직장을 얻게 되는 셈이다.

"분발하도록."

"열심히 하겠습니다!"

눈빛에서 열의에 가득 찬 패기가 흘러넘치는 페르난드였다.

* * *

늦은 밤, 나탈리아와 제프는 밀회를 가지고 있었다.

도시의 뒷골목 허름한 선술집에서 만난 두 사람은 짐짓 무거운 표정으로 일관하고 있다.

"…놈이 우리를 살려둘까?"

"만약 그가 승리한다면 우리는 죽겠지."

"하지만 만약 이대로 우리가 승리한다면?"

"글쎄, 아마 죽겠지."

두 사람은 지금 회사의 사유재산 중 건물 몇 개를 빼돌려 명의를 바꾸어 놓았다.

원래는 이 계획을 조금 뒤에 실현하려 했지만, 생각보다 일이 급하게 진행되어 어쩔 수 없는 선택을 했던 것이다.

처음엔 미카엘이라는 사람이 너무 유약해 보여서 당연히 자신들이 이길 것이라고 생각했었다.

하지만 시간이 지날수록 판이 점점 기운다는 느낌을 지울 수 없었던 것이다.

그런 그들의 약삭빠름은 오히려 독이 되어 작용할 수도 있을 터였다.

만약 이 싸움에서 리처드가 승리를 거두게 된다면 BSC홀딩스는 온전히 그의 것이 된다.

그렇다면 그 과정에서 건물을 빼돌린 것이 들통 날 테니, 당연히 목숨을 잃게 될 것이 뻔했다.

또한, 미카엘이 이 싸움에서 이긴다면 그들은 당연히 처단을 당하고 말 것이었다.

"진퇴양난이로군……."

"어쩌면 좋지?"

제프와 나탈리아는 어린 시절부터 고아원에서 함께 자란 둘도 없는 형제이자 친구였다.

두 사람은 언제나 함께하자는 예전 그 약속을 지키기 위해 지금까지 손에 피를 묻히며 살아왔던 것이다.

이제 두 사람은 곧 조직에서 빼돌린 돈으로 스칸디나비아 지방에 작은 별장을 짓고 행복하게 살아갈 계획이었다.

그러나 그 계획은 물거품으로 돌아갈 수도 있을 터였다.

제프는 지금까지 자신이 미치광이 싸이코라는 별명을 얻으면서까지 그녀를 지켰고, 앞으로도 그럴 것이라고 굳게 약속했다.

그는 이번에도 역시 함께 살아나갈 수 있는 방안을 만들어 냈다.

"투항하자."

"투항?"

"미카엘이라는 놈에게 투항하자. 그러면 살 수도 있어."

"놈이 싸움에서 패배한 잔당인 우리를 살려 줄까?"

"최소한 지금 죽는 것보다는 낫잖아."

"그거야……."

"우리가 가진 모든 것을 걸어보는 거야. 그렇게 된다면 그가 우리를 충분히 생각해 줄 수 있을지도 몰라."

"으음……."

"하자. 우리에겐 이 방법밖에 없어."

그의 설득에 나탈리아는 고개를 끄덕인다.

"네가 그렇다면야……."

"할 수 있어. 우리는 지금까지 수많은 위기를 겪어왔잖아?"

나탈리아는 그의 손을 잡는다.

"그래, 나는 너를 믿어."

"고마워."

두 사람은 진하게 입을 맞췄다.

* * *

그날 새벽, 태하는 자신을 찾아온 나탈리아와 제프를 바라보고 있었다.

두 사람은 그의 앞에 무릎을 꿇고 있었는데, 그 모습이 사뭇 진지해 보였다.

"살려만 주십시오. 뭐든지 다 하겠습니다."

"살려 달라… 내가 당신들을 왜 죽일 것이라고 생각했지?"

"우리는 조직의 부산물입니다. 당연히 숙청을 당할 것이라고 생각했습니다. 그리고……."

그들은 태하에게 건물의 등기 이전 서류를 건넸다.

"이것을 훔쳤습니다."

"건물? 이것을 어떻게……."

"저희들은 에이마르 홀딩스에서도 인수 합병에 대한 일을 전담했었습니다. 이 정도 공금횡령은 쉽습니다."

"흐음, 그래요?"

경영학을 전공했던 태하이지만, 법학을 함께 공부하여 변호사 자격증까지 소유한 사람이다.

그가 생각하기에 이들의 수법은 꽤 치밀하고도 정밀했다.

'정말로 이 두 사람이 놈들 중에서 유일하게 쓸 만한 사람일지도 모르겠군.'

이 정도 머리라면 태하의 재산을 빼먹고 튀어도 전혀 이상할 것이 없을 터였다. 하지만 태하는 그들의 진심이 허투루 들리지는 않았다.

"내가 당신들을 받아준다면 나에게 뭘 해줄 수 있나?"

"리처드와 다니엘을 쓸어버릴 수 있도록 돕겠습니다."

"보스를 배신하겠다?"

"돈 때문에 엮인 사이입니다. 더 이상 붙어 있을 이유가 없지요."

"그럼 나는?"

"당신은 돈이 많지 않습니까? 평생 떨어질 일이 없을 것 같습니다."

"하하, 간단한 이유군!"

"이 바닥에서 저 같은 놈이 성공하자면 딱 두 가지만 알면 된다고 배웠습니다. 나에게 필요한 사람이 누구인지, 그리고 그 사람이 원하는 것이 무엇인지."

"훗, 그건 그렇지."

태하는 결국 그들을 받아들이기로 했다.

"좋아, 그럼 당신들을 페르난드와 함께 정보원으로 쓰도록 하지."

순간, 두 사람이 고개를 갸웃거린다.

"누, 누구요?"

"도박장 페르난드를 모르는 것은 아니겠지?"

"허어! 그놈이 바로 스파이었다니……!"

"페르난드가 없었다면 너희들도 지금쯤 이 자리에 없을 것이다. 놈이 너희의 쓸모를 입증해 주었거든."

"아아……!"

이윽고 태하는 그들에게 앞으로의 진행에 대한 방향을 일러주었다.

"나는 판을 크게 한번 뒤엎을 것이다. 그렇게 되면 너희들이 나를 도와줄 수도 있겠지."

"성심성의껏 돕겠습니다."

"좋아, 방법은 페르난드와 함께 상의하도록."

"예!"

이제 서서히 새로운 조직의 구조가 탄생하고 있었다.

* * *

케인의 고저택.

태하는 직접 공구를 가지고 공사를 진행하고 있었다.

슥삭, 슥삭!

태하는 미국에서 영국으로 잠시 유학을 온 적이 있었는데, 그때 이 집을 케인이 마련했다.

그리고 난 후엔 계속 케인이 이곳에 머물며 지내다가 병을 얻어 세상을 떠나기에 이르렀다.

태하는 이곳을 수리하여 안전 가옥으로 삼고 자신과 태린이 함께 머물 수 있도록 만들 예정이었다.

어차피 이곳을 아는 사람들은 거의 다 죽거나 사라졌으니, 앞으로 유주가 동생을 데리고 오면 그가 이곳에서 그녀를 지켜줄 것이다.

태하는 가장 먼저 부서진 저택의 대문을 수리했다.

까앙! 까앙!

망치와 나무로 부서진 대문을 새 문으로 교체하고 이가 나간 경첩은 다시 새것으로 바꾸었다.

저택의 새로운 대문에는 아름드리나무가 한 그루 있는데, 그 나무와 새로운 대문이 어우러져 한 폭의 그림을 연출하고 있었다.

"으음, 좋군!"

대문을 수리한 태하는 이제 배수로가 꽉 막혀버린 늪지대를 손보기로 했다.

"실버!"

"헥헥!"

태하는 손짓으로 늪지대를 가리켰다.

실버는 태하의 지시에 따라 늪지대 안으로 들어가 배수로를 뚫어낼 것이다.

첨벙!

늑대의 덩치는 일반적인 사람과 비교했을 때 결코 작은 편이 아니지만 그 유연함은 사람보다 훨씬 났다.

게다가 수영 실력 또한 사람보다 좋으니 태하가 이곳으로 들어가는 것보다는 실버가 들어가는 편이 나을 것이다.

이제는 태하와 거의 모든 의사소통이 가능해진 실버는 그의 지시에 따라 배수로를 뚫고 다녔다.

첨벙, 첨벙!

실버가 늪으로 들어간 지 약 5분 후, 쓰레기를 비롯한 각종 불순물로 가득 찼던 마당에 서서히 그 바닥을 드러내기 시작했다.

쫄쫄쫄—

이윽고 실버는 그 늪지대에서 뭍으로 올라와 태하에게로

향했다.

"헥헥……."

"수고했다. 공사가 끝나면 씻자고."

"헥헥!"

태하는 바닥을 드러낸 늪지대를 삽으로 일일이 퍼냈다.

퍽퍽퍽퍽!

그리고 그 옆에는 개썰매를 매단 실버가 삽으로 퍼낸 늪지대 바닥을 평평하게 다지고 있었다.

"헥헥헥……!"

진흙으로 변해버린 이 바닥을 퍼내고 나야 나중에 다시 늪지가 형성될 일이 없을 것이었다.

태하는 약 네 시간의 작업 끝내 늪의 바닥을 모두 긁어낼 수 있었다.

뚜두둑!

"으윽! 허리야!"

"끼잉……."

"수고 많았다. 허리는 아파도 경관은 좋잖아?"

"헥헥!"

쓰레기와 벌로 가득 찼던 마당에는 이제 다시 생기가 도는 듯했고, 시간이 지나면 다시 꽃과 잔디가 자라날 것이었다.

태하는 이제 집안으로 들어가 수리를 계속하기로 한다.

*　　*　　*

저택의 복도, 이곳에는 케인이 태하와 함께한 모든 순간이 고스란히 남아 있었다.

케인은 태하를 마치 친자식처럼 생각하여 그와 함께한 순간들을 전부 자신의 손으로 직접 남겨두길 원했다.

그래서 태하가 자라날 때마다 그림을 그린 후에 거울에 비친 자신의 모습을 함께 덧붙여놓았다.

부모님과의 추억이 많은 태하이지만 케인과의 추억 역시 그에 못지않은 추억으로 남은 태하다.

태하는 복도에 걸린 케인의 그림을 바라보며 아련한 표정을 지었다.

“아저씨…….”

“헥헥……!”

삭삭!

실버는 울상을 짓는 태하의 다리를 앞발로 긁었고, 그제야 태하는 정신을 차렸다.

“그래, 이러고 있을 때가 아니지!”

“아우우우!”

이제 태하는 실버가 등에 매달고 있는 개썰매에서 건축자

재를 꺼내어 부서진 복도와 방을 수리해 나갔다.

쿵쾅, 쿵쾅!

이곳은 약 450년 정도 된 고저택을 수리한 건물인데, 곳곳에 세월의 흔적들이 가득했다.

아마 북해빙궁에 있는 보석들을 가져다놓으면 꽤 잘 어울릴 것 같았다.

"흐음, 고풍스러운 것이 딱이군!"

"헥헥!"

그대로 계속 수리를 해 나가던 태하와 실버.

하지만 바로 그때였다.

"킁킁……."

"왜 그래?"

"킁킁킁……!"

가만히 잘 일하던 실버가 불현듯 저택의 벽을 긁기 시작했고, 태하는 고개를 갸웃거린다.

"왜 그러는 거야?"

"헥헥헥……!"

태하는 실버가 멈추어 선 곳을 손으로 매만져본다.

끼릭, 끼릭!

"으음? 이곳에 웬 홈이……."

그는 금이 약간 가 있는 벽돌을 손으로 빼냈고, 그 안에 아주 오래된 상자가 들어 있음을 알 수 있었다.

"이게 뭐지?"

아주 오래된 상자에는 마치 상형문자와 같은 글귀들이 빼곡하게 새겨져 있었고, 그 중앙에는 이글거리는 불꽃 문양의 자물쇠가 걸려 있었다.

태하는 그것을 손으로 잡아당겨 봉인을 해제하려 했으나, 놀랍게도 자물쇠는 그의 손을 튕겨내 버렸다.

까앙!

"허, 허억!"

"크르르르르릉……!"

상자가 태하를 공격했다고 생각한 실버가 거대한 어금니를 드러냈고, 태하는 녀석을 진정시켰다.

"괜찮아."

"…헥헥!"

그제야 진정하는 실버, 태하는 가로 50㎝에 세로 60㎝, 높이가 대략 1미터 정도인 이 상자를 가만히 바라본다.

"진기? 아닌데… 이건 도대체 무슨 장치가 되어 있는 것이지?"

분명 이것은 현대의 문물에선 도저히 상상조차 할 수 없는 기술이었다.

속에선 아무런 기운이 느껴지지 않는데 자물쇠가 태하의

손을 튕겨냈다는 것은 기계가 갖는 물리적 힘이 태하보다 세다는 뜻이었다.

그러니까, 한마디로 이 자물쇠가 최소한 현경의 경지 이상은 된다는 소리였다.

"…뭐지? 이 말도 안 되는 물건은?"

태하는 일단 이것을 잘 갈무리하여 다시 북해빙궁으로 가지고 가기로 했다.

잘하면 그곳에서 의문점을 풀 수도 있다고 생각한 것이었다.

"실버, 가자!"

"헥헥!"

이제 태하는 실버의 집을 지어주기 위해 마당으로 향했다.

* * *

태하는 집을 수리하고 남은 나무로 실버의 집을 지어주었다.

뚝딱뚝딱!

사실, 실버는 항상 태하와 함께하기 때문에 집이라는 것이 필요하지 않다. 하지만 구색을 맞추자면 개집은 필수였다.

"자, 어때? 네가 지낼 곳은 아니다만, 마음에 들어?"

"헥헥……?"

"별로라고?"

"헥헥!"

"눈이 높군……."

집을 너무 투박하게 지었던지, 짐승인 실버도 집에 대한 거부감을 느끼고 있었다. 하지만 허름한 것도 나름대로 운치가 있다고 생각한 태하는 그것을 고치지 않고 그냥 놓아두기로 했다.

이제 개집까지 완성한 태하는 마지막으로 실버를 목욕시키고 자신도 함께 샤워를 하기로 했다.

이 집 마당에는 아직까지 깨끗한 물이 흘러나오는 우물이 자리 잡고 있다. 때문에 이곳에서 샤워를 즐긴다면 충분히 그 맛을 만끽할 수 있을 것이었다.

태하는 더러워진 옷을 벗고 속옷 한 장만 걸친 채 양동이로 물을 한 바가지를 펐다.

"읏챠!"

그리곤 실버를 자신의 발아래에 세웠다.

"자, 가만히 있어!"

"헥헥!"

이제 물을 쏟으면 태하는 물론이고 실버까지 한방에 씻길 것이었다.

"간다!"

"헥헥!"

좌락!

"크하아아! 차갑다!"

"끼잉, 아우우우!"

몸에 물을 끼얹은 태하는 사람이 사용하는 비누로 자신과 실버의 온몸을 구석구석 닦아냈다.

벅벅벅벅—!

"으허, 구정물 봐라! 이 녀석, 털이 이중으로 되어 있구나? 그래서 냄새가 나지 않았던 거야."

"헥헥!"

털이 상당히 두꺼운 대신에 털이 이중으로 되어 있어 늑대는 항상 청결을 유지할 수 있는 것이었다.

이제 슬슬 샤워를 마치고 옷을 입으려던 태하.

바로 그때였다.

스스스스스스—

"으음?"

태하는 어디선가 상당히 이질적인 기운이 흘러나와 자신의 몸을 잠식하려는 것을 느꼈다.

"크르르르르릉!"

"뭐지? 이 말도 안 되는 기운은?"

하얀 이를 드러내며 으르렁거리는 실버, 녀석 또한 이 기운을 느낀 것 같았다.

둘은 이 기운을 따라 천천히 발걸음을 움직이다 한 점에 이르러 멈추어 서게 되었다.

그곳은 다름 아닌 우물가 앞이었다.

"우물? 우물에서 지금 이 느낌이 계속되고 있는 건가?"

태하와 실버는 상체를 우물에 걸치고 그 안을 들여다보았다.

하지만 그와 동시에 정체불명의 기운은 자취를 감추어버렸고, 둘은 고개를 갸웃거린다.

"뭐지? 이건 도대체……."

"헥헥……?"

아무리 생각해봐도 알아낼 수 있는 것은 없을 테니, 태하는 이내 발길을 돌렸다.

"참 이상한 저택이군."

"헥헥."

"뭐, 그럼 어때? 일단 밥이나 먹을까?"

"헥헥헥!"

밥이라는 말에 점프를 해 태하에게 몸을 비비는 실버, 아마 배가 많이 고팠던 모양이다.

"자, 가자!"

이윽고 둘은 저택의 식당으로 향했다.

6. 단죄

늦은 밤, 제프와 나탈리아는 자신을 따르는 조직원 100명을 한곳으로 모았다.

이중에는 그들의 명령을 직접적으로 따르는 세력도 있었고 그렇지 않은 사람들도 있었다.

하지만 지금 이들에게 어떤 사람의 세력권에 있느냐는 중요한 일이 아니었다.

이제 곧 조직의 판도가 바뀔 것이기 때문이었다.

제프는 자신의 앞에 모인 100명의 마피아에게 말했다.

"이 세상에서 400명 이상의 조직원을 동원할 수 있는 마피아가 과연 얼마나 되겠나?"

"흐음……."

"그래, 그런 마피아들은 그리 많지가 않다. 대부분 조직형으로 발전하지 못하면 그 정도의 세력은 유지할 수가 없지. 하지만 우리는 다르다. 이미 중견기업 이상의 조직력을 가지고 있지. 하지만 이제 그 조직력은 한 사람에 의해 통합될 것이다."

마피아들은 그의 얘기에 고개를 갸웃거린다.

"그게 무슨 소리입니까? 우리가 누군가에게 흡수된다는 말입니까?"

"당연히 그렇게 될 것이다."

순간, 마피아들이 술렁이기 시작한다.

"우리가 무릎에 별 문신을 한 순간부터 그 어떤 누구에게도 무릎을 꿇지 않기로 다짐했습니다. 그런데 무슨 흡수입니까?"

"말도 안 되는 일입니다! 그건 문신에 대한 수치입니다!"

마피아들은 문신에 대한 의미를 상당히 크게 여기는데, 문신은 그 사람을 대변하는 일대기와 같기 때문이다.

그들은 문신 하나를 새길 때에도 인생에 대한 큰 의미를 부여하기 때문에 조직에 들어오는 순간에도 그 문신에 대한 소명을 해야 할 정도다.

이들은 죽을 때까지 패배하지 않겠다는 굳은 신념으로 무릎에 별 문신을 새겼다.

그럼에도 불구하고 그들에게 조직의 흡수를 논하는 것은 어불성설이다.

하지만 그는 마피아들의 자존심보다 더 중요한 것을 역설한다.

"무릎을 꿇는 것이 아니다. 우리는 혁명을 일으키는 것이다."

"혁명……?"

"그래, 혁명이다. 원래 모든 반정은 쿠데타, 혹은 혁명으로 기억되게 마련이다. 성공하면 혁명이고 실패하면 반역을 도모한 쿠데타로 끝나게 된다."

"…그래서 지금 쿠데타를 일으키자는 말입니까?"

"그렇다! 고인 물은 썩게 마련이다. 너희들은 저 라이너슨 부자를 얼마나 믿고 있지?"

"그거야……."

그는 라이너슨 부자가 가지고 있는 재산목록을 꺼내어 보여주며 말했다.

"무려 1억 달러에 달하는 돈이다! 이 돈을 저들 부자가 서로 세습하며 사유화하려는 것이다! 우리는 엄연히 저 돈에 대한 지분을 가지고 있다! 그럼에도 불구하고 저들은 자신들의 이익만 챙기려 하는 것이다! 이것을 묵과해야 할 것인가? 아니면 궐기하여 우리의 권익을 찾아야 하겠나?!"

"…세습은 조직을 유지하기 위한 것이 아니었습니까?"

"그래, 조직을 유지하기 위함이기도 하지. 하지만 저들의 목적은 흩어진 지분을 자신들에게 집중시켜 모든 재력을 손아귀에 넣기 위함이다! 이것이 과연 옳은 일인가?!"

그는 평소엔 무척이나 칼은 냉정함을 유지하는 사람이기 때문에 좀처럼 이렇게 흥분해서 말하는 경우가 별로 없다.

하지만 그의 말에는 힘이 있고 설득력이 있기 때문에 듣는 사람으로 하여금 확 이끌리게 하는 무언가를 자아낸다.

그의 달변으로 인해 100명의 마피아는 그 가슴 속에 대의를 품게 되었다.

"…옳소! 2대 세습은 자신들의 이익만을 위한 것이다!"

"혁명하자! 궐기하자! 모두들 들고일어서자!"

"와아아아아!"

여론은 상당히 무서워서 한 번 불이 붙으면 그 화력을 쉽사리 약화시키기가 어렵다.

제프는 그들에게 총기를 지급하며 말했다.

"이것은 내가 가지고 있는 전부다! 우리가 미카엘과 손을 잡고 혁명을 일으킨다면 이것의 몇 배로 보상을 받을 것이다! 너희들도 나와 함께 동참하겠나?!"

"갑시다! 까짓것, 아주 박살을 내버립시다!"

"죽이자, 죽이자……!"

이제 슬슬 여론은 제프를 따르게 될 것이고, 아무리 태하라곤 해도 이 정도 여론을 무시할 수는 없을 것이었다.

제프는 모든 것이 자신의 뜻대로 이뤄지고 있음에 슬그머니 미소를 짓는다.

'좋아… 모든 것이 내 뜻대로 움직이고 있다!'

어차피 그는 마피아로서 더 이상 위로 올라갈 생각 따윈 추호도 없었다. 다만, 태하가 자신과 나탈리아를 죽이지 않고 앞으로 살아갈 수 있는 기반만 마련해 주면 그만이었다.

아무리 그가 이 두 사람을 정보원으로 쓴다곤 했지만 그 약속을 곧이곧대로 믿을 수는 없는 노릇이다.

그래서 그는 100명의 조직원들이라는 세력을 구축하여 임시방편을 마련한 것이었다.

물론, 그가 마음을 먹는다면 100명의 조직원은 이전에 없어진 그들과 같은 운명이 될지도 모른다.

하지만 최소한 시간은 벌 수 있을 테니, 이 두 사람에겐 최선의 방책이라고 할 수 있었다.

그는 이 사실을 태하에게 알리고 좋은 작전을 짜도록 유도했다.

*　　　*　　　*

늦은 밤, 에이마르 홀딩스 회장실에 앉은 리처드의 핸드폰이 울렸다.

"라이너슨이다."

—안녕하시오? 라이너슨 회장님.

"…누구냐?"

—나로 말할 것 같으면… 당신의 아주 더럽고 추악한 비밀을 누구보다 잘 알고 있는 사람이지.

순간, 리처드는 이 목소리의 주인공이 누구인지 빠르게 추론하기 시작한다.

"…토미 레인 검사?"

—검사는 무슨, 법조인이 당신 개인 번호를 어떻게 아나?

"누구냐?! 누군데 감히 나를 조롱하는 것이냐?!"

—조롱, 조롱이라…….

이윽고 그의 핸드폰으로 한 장의 사진이 도착했다.

딩동!

전화 도중에 메시지를 확인한 리처드는 화들짝 놀라 자신의 입을 떡 벌리고 만다.

"…김태하?!"

—내가 어떻게 죽은 사람의 사진을 가지고 있는지 궁금하지? 나도 그것이 무척이나 궁금하다.

순간, 그는 뒷골이 싸늘해지면서 심장이 두근거리기 시작한다.

두근! 두근!

"네놈이 어떻게……."

—이래서 사람이 죄를 짓고는 못 산다고 하는 것이다. 이 머저리 깡패 자식아.

"…뭐하는 놈이냐?! 아파린에서 보냈느냐?!"

—글쎄, 그건 네가 알아서 판단할 문제고. 다만, 나는 너에게 경고를 하는 바이다. 살고 싶다면 네가 가지고 있던 제네럴 사의 지분과 대한그룹 김태우가 내렸던 지령과 그에 관련된 모든 인물들에 대한 정보를 내놓아라.

"흥! 미친놈이군! 김태우가 알면 가만히 있겠나?!"

—가만히 안 있겠지. 하지만 네놈도 그럼 곧 끝장 아닌가? 그를 살려둔 아주 결정적인 실수를 했으니 말이야. 만약 내가 이대로 혐의를 벗고 대한그룹으로 돌아간다면… 후후, 아주 그림이 볼 만하겠어. 안 그래?

"…이런 개자식!"

김태우는 분명 에이마르 홀딩스를 매장시키기 위해 자신의 모든 역량을 동원할 것이 분명하다.

제 아무리 제노니스의 세력이 거대하다곤 해도 대한그룹에 비할 바는 못 된다.

그들이 미국 검찰에 줄을 놓아 입김이라도 몇 번 불면 제노니스는 곧바로 쑥대밭으로 변해버릴 것이 뻔했다.

'빌어먹을!'

그가 살아 있다는 사실이 김태우의 귀에 들어간다면 김태하를 죽이기 위해 전력을 다할 것이다.

더불어 그와 함께 리처드도 산목숨이 아닌 것이 될 터였다.

"…정말 원하는 것이 뭐냐?"

—말하지 않았나? 아까 내가 말했던 것을 허투루 들은 모양이군?

만약 김태평의 지분을 모두 김태하에게 넘기면 에이마르 홀딩스는 온전히 태하의 것이 된다.

그럼 2세 경영은 물론이요, 그에게 돌아올 것은 아무것도 없다는 소리였다.

"지금 나와 한번 해보자는 건가……?"

—뭐, 그건 당신 좋을 대로 생각하시고.

이윽고 그는 마지막으로 단 한마디만을 남긴 채 전화를 끊었다.

—내일 아침이다. 내일까지 일이 마무리되어 있지 않으면 네 수족을 모두 끊어놓겠다. 아참, 그리고 네 심장도 말이야.

"…뭐라고?"

—그럼 이만.

뚝.

뚜우, 뚜우, 뚜우—

이내 전화를 끊어버린 태하, 리처드는 걷잡을 수 없는 불안에 휩싸였다.

"젠장, 젠장! 빌어먹을 놈…! 반드시 죽여 버리겠다!"

그의 눈에서 그 끝을 알 수 없는 분노가 치밀어 오르는 것 같았다.

*　　　*　　　*

이른 새벽, 리처드는 조직에 있는 모든 히트맨과 조직원을 동원하여 전화를 걸어온 사람을 찾으라고 지시했다.

"…이놈을 반드시 잡아라!"

"예!"

다니엘은 평정심을 잃은 리처드를 바라보며 불안한 듯이 물었다.

"아버지, 도대체 왜 그러시는 겁니까? 무슨 전화를 받으셨기에 이리도 흥분하시는 겁니까?"

"…놈이다, 놈이 살아 있어!"

"놈이요?"

"김태하 말이다!"

김태하라는 말에 다니엘은 동공이 커다랗게 튀어나왔다.

"김태하라면……!"

"우리 조직에서 분명히 처리했던 놈이다. 아니, 그전에 비행기가 폭발해서 사망했다고 알려졌다. 그런데 어떻게 놈이 살아 있는 것인지……."

"혹시 다른 놈이 김태하가 살아 있다고 거짓말을 하고 있는 것은 아니겠습니까?"

"…아니다. 내 생각엔 그렇지가 않은 것 같아. 김태하가 살아 있지 않고서야 우리가 김태평 회장의 휘하에 있었다는 사실을 누가 알겠느냐?"

"으음……."

"아무튼 놈을 먼저 찾고 볼 일이다."

"예, 아버지!"

아들을 바라보는 리처드의 눈동자가 흔들렸다.

'빌어먹을! 네놈은 반드시 내가 찾아 요절을 내고 말겠다!'

약 5시간 후, 이제 슬슬 여명이 떠오르기 시작했다.

태하는 같은 자리에 5시간 동안이나 서 있다 이내 슬슬 움직이기 시작했다.

"놈… 결국 끝장을 보자는 것이구나!"

그는 분명 리처드에게 속죄할 기회를 주었다. 하지만 그럼에도 불구하고 그는 태하에게 끝까지 도전장을 내밀었다.

일이 이렇게 돌아간다면 이제 태하도 신사적으로 나올 수는 없었다.

"그래, 천천히 한 놈씩 조져 주마!"

이제 그가 본격적으로 움직이기 시작한다.

*　　　*　　　*

늦은 밤, 태하는 마크 제이톱슨의 집을 찾았다.

쿵쿵쿵, 빠바바밤!

2층으로 된 집에는 귓가가 터질 듯한 음악소리와 함께 남녀가 어우러져 나오는 교성이 뿜어져 나오고 있었다.

"아아……!"

"흐흐, 흐흐흐흐!"

태하는 유리창 너머로 보이는 낯뜨거운 광경을 바라보며 고개를 가로저었다.

"짐승들이 따로 없군."

그들은 지금 각각 열 명의 남녀들이 서로 뒤엉켜 관계를 나누고 있었는데, 대략 5분에서 10분마다 짝이 바뀌는 것 같았다.

도대체 사람이 제정신으로 저런 짓을 할 수 있다니, 태하는 저들이 마약에 취했다고 확신했다.

"약에 절은 놈들은 매가 약이지."

이윽고 태하는 마크 제이톱슨의 2층 유리창으로 몸을 던졌다.

와장창!

천마진영보를 밟아 반대편 옥상에서 떨어져 내린 그는 곧장 유리창을 깨고 돌입했다.

"으음, 침입이 너무 쉬운 것 아니야?"

이렇게 대놓고 유리창을 깨고 돌입했음에도 불구하고 2층으로 올라와 보는 사람이 없다는 것은 도저히 말도 안 되는 일이다.

아마 음악소리와 약에 취해 아무런 생각도 없음이 틀림없었다.

태하는 천천히 난교의 현장으로 다가가 대놓고 마크가 어디에 있는지 찾아보았다.

"으음……."

"저기 있군."

완전히 약에 취한 마크.

그는 실오라기 하나 걸치지 않은 채 두 명의 여성들을 탐닉하느라 정신이 없었다.

태하는 그런 그의 머리채를 휘어잡아 버렸다.

꽈득!

"아, 아아아……!"

"이 새끼, 남의 돈 떼어먹고도 이렇게 호의호식하고 있었구나. 죽으려 환장을 한 모양이군."

"네, 네놈은 누구……?"

"그거야 네가 알 것 없고."

태하는 본래의 모습으로 그의 앞에 섰기 때문에 마크는 태하가 누구인지 알아볼 수가 없었다.

이윽고 태하는 그의 얼굴을 주먹으로 후려갈겨 버렸다.

빠악!

"크허억!"

"지금부터 50을 센다. 그 숫자를 누가 세느냐? 네가 세는 것이다. 만약 숫자가 하나 빠지면 두 배로 처 맞는 거다, 알겠나?"

"이, 이런 미친 놈이?"

"아직도 정신을 못 차린 모양이군. 좋아, 그럼 시범을 보이도록 하지."

태하는 그의 뺨을 한 대 후려치며 말했다.

짜악!

"컥!"

"숫자를 외치지 않으면 또 맞는다."

짝짝짝!

"끄으윽!"

"몇 이라고?"

"하, 하나……."

"좋아."

짝!

"두, 둘……."

짝!

"세, 셋……."

그렇게 마크는 태하에게 모진 매질을 당했다.

*　　　*　　　*

이른 새벽, 마크는 태하에게 여전히 뺨을 맞고 있었다.

짝!

"서른 다섯……."

짝!

"서른 일곱……."

도대체 이 지긋지긋한 구타는 언제쯤 끝이 나려는지, 마크는 이제 더 이상 맞는 것이 무서워 숫자를 셀 수도 없었다.

"흑흑, 도대체 나에게 왜……."

"왜 이러냐고? 그걸 몰라서 묻나?"

"흑흑, 모릅니다! 제가 도대체 뭘 그렇게 잘못했기에……."

"잘못은 했지. 보스를 잘못 만난 죄."

"저는 그저……."

"난 분명히 경고했다. 오늘까지 내가 원하는 것을 내어놓지 않으면 놀라운 일이 벌어지게 해주겠다고."

"흑흑……!"

"오늘 가서 전해라. 두 회사를 원래의 주인에게 넘기라고."

순간, 마크는 이 사람이 누구인지 퍼뜩 깨닫게 되었다.

"설마… 김태하?!"

"내 이름을 알고 있다니, 역시 네놈도 대한그룹 사태에 참여했던 것이 분명하군."

"흑흑, 살려 주십시오!"

태하는 마크에게 전봇대를 가리키며 말했다.

"죽기 싫지?"

"예, 예!"

"그럼 한 가지 선택지를 주겠다. 스스로 저 전봇대에 올라가 아침이 될 때까지 내려오지 않는다면 기꺼이 손을 거두도록 하지. 어떤가?"

"하, 하지만 저는 지금 알몸이라서……."

실오라기 하나 걸치지 않은 마크가 이곳에 올라가 아침까지 버틴다면 아마 다시는 얼굴을 들고 다닐 수 없을지도 모른다. 아니, 외설죄로 얼굴을 들고 다니기도 전에 경찰에 끌려갈 수도 있었다.

하지만 그런 망설임도 태하의 모진 매질 앞에선 목구멍 안으로 쏙 들어가 버렸다.

"아하, 그래? 그럼 아침까지 맞아야지 뭐."

"아, 아닙니다! 올라가겠습니다!"

"가기 싫다면서?"

"그, 그게 아닙니다! 그냥, 그냥 좀 무서웠던 것뿐입니다!"

"후후, 그래? 그렇다면 다행이고."

이윽고 태하는 그의 엉덩이를 걷어차며 말했다.

퍽!

"으윽!"

"뭐해? 어서 올라가지 않고?"

"아, 알겠습니다."

마크는 할 수 없이 전봇대 위를 스스로 기어 올라갔고, 그의 눈에선 자신도 모르는 눈물이 떨어져 내렸다.

"흑흑……."

"인과응보다. 너희들이 저지른 죄, 아주 달게 받도록 해주마."

태하는 그 자리에서 얼마간 마크를 지켜보았고, 그는 정말로 동이 틀 때까지 그 자리에서 내려오지 못했다.

*　　　*　　　*

그날 아침, 리처드는 충격적인 소식을 접하게 되었다.

중간보스들 중에서도 조직 내 서열이 가장 높았던 마크 제이톰슨이 반미치광이 상태로 발견된 것이었다.

리처드는 이 사건이 바로 어제 자신에게 전화를 걸었던 그 괴한의 짓이라는 것을 알 수 있었다.

"도대체 어떤 놈이……?"

그는 희미하게나마 정신을 차리고 있다는 마크를 찾아갔다.

맨체스터 국립병원에서 외과치료와 함께 정신과 치료를 함께 받고 있는 그는 극도의 불안증세와 함께 대인기피증을 앓고 있었다.

그나마 다행인 것은 보스인 리처드를 알아본다는 것이었다.

"몸은 좀 괜찮나?"

"보, 보스……?"

"그래, 나다. 도대체 어떤 놈이 너를 이렇게 만든 것이냐?"

"그, 그놈입니다. 김태하……."

"김태하?!"

"그놈이 살아 있음이 틀림없습니다! 제가 어제 똑똑히 보았습니다! 회사를 원래 주인에게 돌려주라고 했습니다!"

"…김태하? 그놈이 정말로 살아 있었단 말인가!"

만약 그의 말이 사실이라면 이 모든 사건은 김태하가 꾸민 것이 틀림이 없었다.

그리고 그와 미카엘 엑트린은 한통속이 분명했다.

그는 다니엘을 피 떡으로 만들어 거의 정신지체아 수준까지 떨어뜨려버린 사내를 증오하고 있었다.

그런데 그가 다름 아닌 김태하라니, 리처드는 도저히 맨정신으론 버틸 수가 없었다.

"빌어먹을 자식, 아주 가루를 내어주마!"

그는 이를 굳게 깨물곤 이내 자리에서 일어섰다.

"내가 너의 복수를 해주마. 다시는 그놈이 이 땅을 밟고 돌아다닐 수 없도록 만들어주겠어!"

이윽고 그는 병실을 나서 에이마르 홀딩스 본사로 향했다.

같은 시각, 태하는 에이마르 홀딩스 앞에 서서 바쁘게 움직이는 제노니스의 조직원들을 바라보고 있었다.

그들은 도대체 갈피도 잡지 못한 괴한을 잡기 위해 혈안이 되어 있었다.

아마 범인이 태하라는 것쯤은 알고 있을 것이었으나, 태하가 어디에 있는지도 모르는데 처단할 수 있을리가 없었다.

“똥줄이 좀 타들어 가는 모양이군.”

이윽고 태하는 이 사건에 마침표를 찍기로 했다.

“…죄를 지은 것, 땅을 치고 후회하게 만들어주마!”

이내 그는 다음 작업을 위해 움직이기 시작했다.

* * *

늦은 밤, 에이마르 홀딩스의 본사 ‘A—Maars’ 빌딩에서 한 무리의 사내들이 쏟아져 나왔다.

대략 20대 후반에서 30대 초반으로 보이는 젊은 청년은 그들 무리의 정중앙을 뚫고 밖으로 걸어 나갔다.

그러자, 사내들은 고개를 꾸벅 숙여 그에게 인사한다.

“살펴 가십시오, 부회장님!”

“그래.”

에미마르 홀딩스의 부회장은 리처드 라이너슨의 아들 다니엘 라이너슨이다.

라이너슨 가문은 조직 제노니스를 이끄는 실질적 지배 계층이기도 하면서 에이마르 홀딩스의 최대주주이자 대표이사다.

그들은 가족중심적인 경영 체계를 구축하고 조직과 회사를 하나로 엮는 병합에 성공했다.

때문에 지금 에이마르 홀딩스는 원래의 투자회사 개념보다는 공격형 M&A 전문기업으로 탈바꿈하게 되었다.

A—Maars 빌딩에서 나온 다니엘은 스페인 산 수제 스포츠카에 몸을 실었다.

부아아아앙!

그가 모는 이 스포츠카는 세계에서 단 세 대밖에 생산되지 않은 초호화 스포츠카 중에 하나다.

일정 수입과 명성이 없이는 마련할 수 없는 이 차를 그가 끌고 다닌다는 것은 에이마르 홀딩스가 얼마나 큰 자본을 형성하고 있는지 알 수 있게 하는 작은 단면이었다.

리처드 라이너슨은 이렇게 거대한 회사를 아들 다니엘에게 물려주기 위한 2세 경영구도 구축에 열을 올리고 있는 중이다.

그 때문에 현재 지분은 거의 모두 회장 리처드 라이너슨에게 몰려 있으며, 투자금 반환을 위한 주식 환매도 함께 병행하고 있었다.

또한, 실질적인 대주주였던 대한그룹 김태평 회장이 사망하면서 이제 거의 유명무실해진 대주주 지분을 확보하기 위한 총력전도 준비하고 있었다.

다니엘은 이런 아버지의 전폭적인 지지를 받으며 아주 적극적으로 후계 경영 수업에 참여하고 있다.

하지만 사람은 한 번쯤 쉬어주어야 한다는 것이 다니엘의 지론이었다.

그는 자신이 자주 가는 비즈니스클럽 '호이스튼'으로 차를 돌린다.

부아아아앙!

가속 3초 만에 시속 100㎞를 넘나드는 그의 스포츠카는 런던 시내를 휩쓸고 다닌다.

"후우, 좋군!"

스포츠카의 속도감을 유감없이 즐기던 다니엘, 그런 그에게 눈에 거슬리는 광경이 벌어졌다.

끼이익, 부아아앙!

"이런 제기랄!"

국적을 알 수 없는 스포츠카 한 대가 그의 곁으로 다가오더니, 이내 그를 추월하여 바로 앞을 가로막았다.

덕분에 그는 급 브레이크를 잡을 수밖에 없었다.

끼이이이익!

"빌어먹을!"

그가 모는 차는 워낙 비싼 차였기에, 지금까지 차를 옆으로 가져다 대면 다른 차들은 알아서 옆으로 물러섰다. 하지만 지금처럼 다른 차량이 자신의 앞을 막은 적은 한 번도 겪어보지 못한 다니엘이었다.

물론, 다니엘은 비싼 차를 타고 다닌다는 갑질에 중독된 것은 아니지만 난생처음 겪는 이 상황에 당황과 함께 분노가 솟았다.

"이런 개자식! 용서하지 않겠다!"

다니엘은 급하게 손을 움직여 자신을 막아섰던 이에게로 차를 몰았다.

부아아앙!

"후회하게 해주마!"

그는 전속력으로 돌진하다 스포츠카의 문짝을 열어 그곳에 달린 에어백을 터뜨렸다.

슈가가가가각!

그는 이것을 저 차에 가져다대어 차가 문에 맞고 반파 되는 장면을 연출할 생각이었다.

"요단강을 건너게 해주마!"

맞을 사람 생각은 전혀 안하는 다니엘.

그는 모든 것이 인과응보라고 생각하고 있었던 것이다.

부아아아아앙—!

전속력으로 달려 나간 그의 자동차 앞문이 앞차의 등짝에 에어백 스매싱을 날렸다.

퍼억!

"하하하, 당해 봐라!"

분명 저 사람은 기절해 정신을 잃어버렸거나 차가 옆으로 튕겨 나갈 것이 분명했다.

아마 죽지는 않아도 차가 전복되어 당분간 운전은 엄두도 나지 않을 것이다.

하지만 너무 놀라 입이 떡 벌어지는 일이 일어나고 만다.

끼기기기기긱―!

"어, 어라?"

차가 너무 안 나간다 싶었던 그가 고개를 돌려 옆을 바라보았을 때, 그 앞에는 아까 그 차의 주인이 다니엘의 스포츠카를 잡고 서 있었다.

"어딜 도망가시려고?"

"허, 허억!"

한마디로 그는 차를 한 손으로 붙잡아 앞으로 나아가지 못하도록 한 것이다.

출력이 거의 최상급에 속하는 이 자동차를 한 손으로 잡아당길 수 있다는 것은 도저히 있을 수도 없는 일이었다.

눈으로 보고도 믿을 수 없는 광경, 다니엘은 자신도 모르게 욕지거리를 씹어 뱉었다.

"이런 씨발……?!"

바로 그때, 남루한 차림의 청년이 불현듯 왼쪽 주먹을 들더니 차의 후미를 다짜고짜 후려갈겼다.

그러자, 더욱 놀라운 일이 벌어졌다.

콰앙! 찌지지직, 콰앙!

"허, 허억!"

주먹질 한 번에 후미의 엔진부가 완파되었고, 그 안에서 기름이 흘러나오고 있었던 것이다.

다니엘은 지금 자신이 꿈을 꾸고 있는 것인지 아닌지 판가름하기가 영 어색해서 고개를 자꾸만 갸웃거린다.

"꾸, 꿈인가, 생시인가?"

청년은 그런 그의 물음표를 느낌표로 바꾸어줬다.

"생시다, 이 잡놈아!"

퍼억!

이윽고 다니엘은 정신을 잃어버렸고, 청년은 차량의 트렁크에 매달고 있던 포대자루를 꺼내어 축 늘어진 다니엘을 마구구겨 넣었다.

그리곤 이내 신나게 도로 위를 질주하기 시작했다.

*　　　*　　　*

그날 새벽.

태하는 밤이 새도록 차량 뒤에 매달고 다녔던 다니엘을 끌고 그의 자택 인근으로 향했다.

그리곤 가장 잘 보이는 전신주 앞에 차를 세운 후, 포대의 봉인을 풀었다.

그러자, 처참한 몰골의 다니엘이 그 모습을 드러낸다.

"으, 으허허……."

"아주 돼지고기가 될 뻔했군. 조금 더 두들겨 줄 것을 그랬나?"

밤을 꼬박 지새우며 도로를 달린 태하는 이제 그를 전신주 위에 올려 리처드가 잘 볼 수 있도록 묶었다.

"…네 아비를 원망해라. 물론 네놈도 우리 가족을 해치는데 동원되었겠지만 말이다."

제네럴사와 이들이 연결되어 태하를 죽음으로 몰고 갔다는 것은 핫산의 정보통을 거쳐 확인된 사실이다.

지금과 같은 상황에서 그를 살려둔다는 것 자체가 어불성설이지만 되도록 살인은 피하고 보겠다는 것이 태하의 생각이었다.

물론, 그가 또다시 태하를 공격하겠다고 설치면 단박에 명줄을 끊어버릴 것이다.

태하는 그를 전신주에 꽁꽁 매달아놓고는 이내 무정히 돌아섰다.

"…내 동생은 지금 사경을 헤매고 있다. 이 정도로 끝난 것을 천만다행으로 여겨야 할 것이다."

"…사, 살려……."

다니엘의 처참한 신음 소리만이 가득한 거리.

태하는 이내 그 자리에서 돌아섰다.

다음날 아침.

리처드 라이너슨은 여느 때와 다름없이 아침을 시작했다.

겉은 딱딱하지만 속은 촉촉한 바게트와 커피, 그리고 그 위에 얹어진 생크림으로 가볍게 속을 채워나갔다.

하지만 그는 출근해 회사로 나가던 도중, 충격적인 장면을 마주하게 되었다.

동네 어귀에는 아침부터 사람이 구름처럼 몰려들어 있었는데, 그 중심에는 피가 줄줄 흘러나와 전신주를 적신 남자가 매달려 있었다.

"으으으……."

"겨, 경찰을 불러요! 저러다 사람 죽겠어요!"

살짝 몸을 떨며 입을 자꾸 움직이는 청년, 아무래도 저 청년은 어제 말로는 형용할 수 없을 정도로 지독한 폭행을 당했던 것 같았다.

그렇지 않고선 저런 몰골에 경련까지 일어나고 있을 수도 없을 것이다.

리처드는 별일이 다 있다 싶어 돌아서려 했지만, 이내 청년의 목소리를 듣고는 그 자리에 망부석처럼 굳어버릴 수밖에 없었다.

"아, 아버지……."

"다, 다니엘……? 다니엘!"

순간, 리처드는 마치 정신이 나간 사람처럼 인파를 뚫고 아들로 짐작되는 핏덩이에게로 달려갔다.

그리곤 피가 철철 흘러나오는 얼굴을 맨손으로 닦아내어 다니엘의 몰골을 확인했다.

"아버지……."

"이런 제기랄! 도대체 누가 내 아들을!"

이를 바득바득 가는 리처드, 그는 주머니에서 잭나이프를 꺼내어 다니엘을 묶고 있던 줄을 풀어냈다.

팟!

그리곤 어깨로 아들을 받쳐 땅위로 그를 내려놓았다.

"흑흑……."

"아들아! 도대체 누가 너를 이렇게 만든 것이냐?!"

"…모릅니다. 얼굴도 모르는 어떤 놈이……."

"빌어먹을!"

일단 그는 자신의 차에 다니엘을 태운다.

철컥!

"나와!"

"보, 보스?"

"내가 운전하겠다! 어서 나와!"

"예, 예!"

그는 운전수까지 몰아내곤 자신이 직접 운전대를 잡았다.

끼리리릭, 부우웅!

아들이 다 죽어가는 마당에 그의 정신이 온전할 리가 없다.

"죽인다… 반드시 죽인다!"

리처드는 마을에서 가장 가까운 국립병원으로 향했다.

* * *

에이마르 홀딩스는 지금 흩어져 있던 주식을 다시 매집하고 BSC홀딩스에 명의를 빌렸던 건물들에 대한 반환을 준비 중에 있었다.

한마디로 이제 2세로 권력 이양을 하는데 부족함이 전혀 없게 되었다는 소리였다.

하지만 정작 가장 중요한 다니엘이 아직도 정신병원에 있으니, 리처드는 이 사태를 가만히 두고 볼 수가 없었다.

그는 조직 내의 모든 수뇌부를 불러 모아 대회의를 열었다.

이번 대회의는 긴급이사회나 주주총회와 같이 회사에 관련된 회의가 아니라 조직 내부의 일을 해결하는 마피아 단독의 행동이었다. 그런 만큼 이번 회의에 참석한 이들은 대대적인 척살령이 내려질 것임을 이미 짐작하고 있었다.

리처드는 현 BSC홀딩스 대표이사 미카엘 엑트린의 사진을 대문짝만하게 인쇄하여 회의실 중앙에 붙여놓았다.

그리곤 그 얼굴을 칼로 난도질하면서 말했다.

퍽퍽퍽퍽!

"이놈을 당장 잡아서 내 앞에 데리고 와라! 이놈을 잡아오는 놈에게는 회사 지분의 5%를 주겠다!"

"예, 보스!"

"하지만 놈을 죽여선 안 된다! 내 아들을 건드린 죄가 얼마나 무섭고 지독한 것인지 똑똑히 알게 해줄 것이다!"

"예!"

이윽고 제노니스 조직 전체가 움직이기 시작했고, 그는 제대로 복수의 칼날을 꺼내들었음을 선포했다.

"잡아라!"

"예!"

7. 정리

늦은 밤, 400명이 넘는 사내들이 케인의 고택으로 우르르 몰려들기 시작한다.

저벅저벅—

그들은 하나 같이 검은색 정장에 복면을 쓰고 있었는데, 전부 칼과 몽둥이 등으로 무장하고 있었다.

케인의 저택은 그의 아들 미카엘이 이어받아 정원을 다시 일구고 집을 수리하여 생활하고 있는 것으로 알려졌다.

마피아조직 제노니스는 이곳을 아예 벌집으로 만들어버리기 위해 모든 인력을 동원하기로 한 것이다.

이들을 이끄는 총 대장 라이먼트는 조직원들에게 외쳤다.

"덮쳐라!"

"예!"

원래대로라면 벌써 총을 쏴서 저택을 벌집으로 만들어버린 후 들어갔겠지만, 이번 지령은 목표물을 죽이는 것이 아니라 산 채로 데려오는 것이었다.

때문에 그들은 예외적으로 몽둥이와 칼을 들고 미카엘을 찾아온 것이다.

쾅쾅쾅!

먼저 저택의 대문부터 부수고 보는 마피아들, 그런 그들의 앞에 한 사내가 모습을 드러냈다.

"어이, 남의 집을 그렇게 다짜고짜 부수면 어쩌자는 거냐? 더군다나 수리를 끝낸 지 얼마 지나지도 않았는데 말이야."

"이놈은 또 뭐야? 어디서 굴러먹던 개뼈다귀 같은 놈이야?"

"어디서 굴러먹었던 네가 알 바는 아니고… 아무튼 이 집에서 나가는 것이 좋아. 그렇지 않으면 다들 이곳에서 묻히게 될 테니까."

분명 그들을 막아선 청년은 미카엘이 아니었다. 고로, 이 청년은 그냥 총으로 쏴 죽이면 간단하게 마무리할 수 있다는 뜻이었다.

라이먼트는 자신의 포켓에서 권총을 꺼내들었다.

철컥!

“이 개자식이, 사람의 앞길을 막으려 들다니. 죽으려고 환장을 한 모양이구나!”

“뭐, 그렇다고 볼 수도 있고. 하지만 죽으려고 환장한 것이 아니라 죽이려고 환장했다는 표현이 더 맞겠군.”

“후후, 미쳐도 단단히 미쳤군!”

이윽고 그는 사내에게 총알을 한 발 갈겨버렸다.

타앙!

9mm 매그넘탄은 그의 심장에 날아가 박혔고, 그는 이제 싸늘한 주검이 되어 쓰러질 것이었다.

하지만 그것은 라이먼트의 크나큰 착각에 불과했다.

“요즘 주식을 매집하느라 많이 피곤했던 모양이지? 총알을 이딴 식으로 쏘고 말이야.”

“허, 허억!”

그는 자신의 심장에 박힌 총알을 맨손으로 뽑아내더니 이내 소매로 손을 가져다 넣었다.

그리곤 냉기로 인해 공간이 일그러질 정도로 차가운 검을 뽑아들었다.

스르르릉—!

“저, 저게 뭐지?”

"검? 검이 사람 손에서 나와?"

놀랍게도 그는 차가운 아지랑이가 피어오르는 검을 손에서부터 뽑아들었고, 그것을 손에 쥔 채 웃고 있었다.

"내가 사람에게 직접 한빙검을 사용하게 될 줄은 몰랐군."

"…무, 무슨 검?"

"자, 그럼 시작해볼까?!"

그는 검을 아래로 내려 잡곤 이내 용수철처럼 튀어 올라 마피아들을 향했다.

*　　*　　*

태하는 400여 명의 마피아들을 맞아 유감없이 자신의 실력을 뽐내고 있었다.

"파천신검 제2절, 쾌검난무!"

촤자자자자작!

"크허어억!"

"내, 내 다리!"

태하는 사람의 급소를 베는 대신 다시는 걷거나 움직이지 못하도록 불구상태로 만들고 있었다.

어차피 저런 마피아들을 살려 두어봐야 또다시 살인을 저지르고 다닐 것이 뻔했기 때문이다.

태하의 검이 스치는 족족 반신불수가 되어버리니, 처음엔 기세등등하게 덤비던 그들의 기세는 조금씩 위축되었다.

하지만 이제 싸움의 초반, 그들은 초강수를 꺼내들었다.

"총을 잡아! 소총이든 권총이든 좋으니 놈을 향해 갈기란 말이다!"

"예!"

철컥!

각기 모델도 다른 엄청난 양의 총기를 꺼낸 마피아들은 청구를 일제히 태하를 향했고, 태하는 그들의 사격에 대비했다.

"치사한 놈들이군. 아무리 내가 무공을 사용한다곤 하지만 설마하니 진짜로 총을 쏠 줄은 몰랐어."

"쏴라!"

두두두! 두두두!

그들은 태하라는 한 점을 향해 마구 총을 갈겨버렸고, 한 번당 세 발의 총알은 엄청난 속도로 태하에게 쏟아졌다.

이에 태하는 천검살막을 펼쳐 그들의 총알을 모조리 튕겨냈다.

"천검살막!"

촤라라락!

팅팅팅팅!

몇 개의 총알은 잘려나가 땅에 떨어져버렸지만, 절반이 넘는 수의 총알이 되돌아가 마피아들의 몸에 박혀버렸다.

퍽퍽퍽퍽!

"끄아아악!"

"쿨럭, 쿨럭!"

"머저리 같은 놈들. 그러게 왜 되지도 않는 총질을 해서 그 난리냐?"

이윽고 태하는 검을 전방으로 내지르며 한성검법을 전개한다.

"한성검법 제8장, 맹설!"

그의 검에선 검은색 눈보라가 뿜어져 나왔는데, 그곳에 닿는 이들은 즉시 동상에 걸려 그 자리에 쓰러져 버리고 말았다.

콰드드드득!

"바, 발이 얼었다!"

"이런 빌어먹을!"

하지만 그때, 태하는 자신도 미처 예상하지 못했던 상황과 마주하게 되었다.

"지금이다! 쳐라!"

철컥, 두두두두두두두!

"컥컥컥컥컥!"

"이런 빌어먹을! 미쳤어? 어째서 같은 편과 적도 구분하지 못하는 건가?!"

"구분을 못하긴, 혁명이 일어났으니 당연히 너희들이 우리의 적이지!"

"혁명?"

태하는 400명의 히트맨 사이에 숨어 있던 스파이들이 들고 일어나 중간에서 총질을 하고 있음을 알 수 있었다.

그 모든 사람들을 통솔하고 있을 사람은 아마도 제프였을 것이다.

'놈… 생각보다 머리가 좋구나. 정말 위험한 놈이었군!'

100명의 히트맨이 태하를 잡으려면 첨단무기를 동원해도 모자라겠지만, 400명의 히트맨들을 잡는 데엔 아주 효과적일 것이다.

그것도 적진에 섞여 마구 총질을 해대는 통에 아예 정신이 하나도 없는 난전이라면 더더욱 그럴 것이 분명했다.

태하는 아주 빠르게 정리되어 가는 마피아들을 바라보며 실소를 흘린다.

"후후, 생존에 대한 본능이 꿈틀거린 모양이군."

이제 남은 것은 리처드 본인을 처단하여 모든 것의 실마리를 풀어내는 일이다.

*　　　*　　　*

늦은 밤.

에이마르 홀딩스 본사 건물 25층으로 엘리베이터가 멈추어 섰다.

딩동—

천천히 열리는 엘리베이터 문, 그 안에는 태하와 실버가 타고 있었다.

"헥헥……."

"놈이 어디에 있는지 찾아봐."

"헥헥!"

태하의 명령이 떨어지자마자 실버는 쏜살같이 달려가 리처드의 흔적을 찾아냈다.

"킁킁킁……."

방금 전, 지하 주차장에서 그의 차에 배어 있는 냄새를 맡아두었던 실버는 한 치의 오차도 없이 리처드를 찾아갔다.

"아우우우……!"

늑대들은 멀리 있는 동료들을 부를 때 보통 하울링을 사용하는데, 실버의 하울링에는 진기가 섞여 있어 40㎞밖에서도 그 파장을 들을 수 있다.

태하는 리처드가 있는 곳으로 향했다.

저벅, 저벅—

그의 묵직한 발자국소리가 점점 더 크게 복도에 울려 퍼지고 있던 바로 그때였다.

타앙!

순간, 태하는 화들짝 놀라 총소리가 들린 곳으로 달려갔다.

"실버?!"

그는 실버가 걱정되어 달려갔으나, 정작 녀석은 피가 흥건한 리처드의 곁을 안절부절하며 맴돌 뿐이었다.

"헥헥, 헥헥……!"

태하가 녀석에게 지시한 것은 그를 찾으라는 것이었지 죽이라는 것이 아니었기 때문이다.

그는 일단 실버를 진정시킨 후, 리처드에게 다가갔다.

"쉿, 괜찮아! 죽지 않았어!"

"끼잉……."

"옳지."

태하는 리처드가 쓰러져 있는 회장실 의자로 가까이 다가갔는데, 그는 자신의 목덜미에 스스로 총을 갈긴 것으로 보였다.

"쿨럭, 쿨럭!"

"다행이 즉사하지는 않았군."

그는 분수처럼 튀어 오르는 그의 피를 잠시 지혈시켜 생명을 연장시켜 주기로 했다.

툭툭툭!

태하의 나한천수가 그의 경동맥과 기도에 울혈을 만들어 잠시나마 피가 멈출 수 있게 하였다.

그러자, 그는 마른기침을 하며 정신을 차린다.

"컥, 컥……!"

"정신이 좀 드나?"

"…네놈은……."

"오랜만이지? 바지사장 씨."

"용케도 살아 있었구나……!"

리처드는 태하를 알아보곤 이내 손에 쥐고 있던 권총을 들어 올렸지만, 그것을 발사할 정도의 힘도 남아 있지는 않았다.

"끄응……!"

"괜히 애쓰지 마라. 아까운 목숨만 더 빨리 타들어갈 뿐이니까."

"으흐……!"

이내 다시 팔을 내리는 리처드, 그는 태하를 바라보며 담백하게 웃는다.

"차라리 죽여라. 괜히 사람 희롱하지 말고……!"

"아직 네놈은 죽지 못해. 네놈이 지금 죽으면 곤란한 사람들이 꽤 많거든."

태하는 주머니에서 담배를 한 개비 꺼내어 불을 붙였다.

치익!

"한 대 피우겠나?"

"…고양이가 쥐 생각하는 꼴이군."

"죽을 때 죽더라도 담배 한 대 정도는 괜찮을 것 같아서 말이야."

"후후, 그래, 좋다."

리처드는 떨리는 손으로 담배를 받았고, 그것을 깊이 들이마신다.

"쓰읍… 후우! 담배가 쓰군."

"아마 기도에 울혈이 생겼기 때문이겠지. 그 울혈이 떨어져 나가는 순간 너는 죽는다."

"한 뼘짜리 시한부가 되어버렸군."

"원래 인생이 다 그런 것 아니겠어?"

이윽고 태하는 그에게 다니엘의 사진을 내밀며 말했다.

"네 아들은 너 대신 잘 살아갈 것이다. 물론, 다시 이 세계에 발을 들여놓지 못하겠지만 말이야."

"…내 아들을 순순히 살려 주겠다는 것은 아닐 것이고… 원하는 것이 뭐냐?"

"저번에 내가 전화로 말했던 것들을 알려주면 된다. 네가 알고 있는 모든 정보들, 우리 집안을 풍비박산을 내버린 그 전말을 세세히 알려주어야겠다."

리처드는 가만히 태하를 바라보더니, 이내 실소를 머금고 말했다.

"후후, 지독한 놈이군. 죽음에서 살아나 가족들의 복수를 하시겠다?"

"아마 네가 지옥에 떨어졌다면 나는 스스로 목숨을 끊어서라도 너를 찾아냈을 것이다."

"…네 아비가 지하에서 너를 본다면 한탄을 하겠군. 복수는 피를 부르는 법이거든."

"괜찮아. 그 한탄은 죽어서 내가 직접 들으면 된다."

"그래, 알겠다. 말해 주마."

그는 태하에게 자세를 바로해 달라고 요청했다.

"얘기가 조금 길다. 그래도 15분은 버텨야 할 것 같아. 자세를 바로 잡아줘."

"알겠다."

이윽고 태하는 그를 똑바로 앉혀 주었고, 리처드는 한결 낫다는 표정을 지었다.

"후우, 이제야 좀 살 것 같군."

"그럼 이제 얘기를 한 번 들어볼까?"

리처드는 아주 덤덤한 말투로 증언하기 시작한다.

"너도 알다시피 우리는 원래 김태평의 손에 의해 이 회사에 들어왔다. 당시, 우리는 바지사장에 앉는 대신 주식을 제외한 모든 사유재산을 귀속시켜 준다는 조건을 받았다. 그래서 기꺼이 계약을 했지. 헌데, 그 이후에 네가 우리에게 족쇄를 채웠어."

"BSC홀딩스 말인가?"

"…그래, 그 빌어먹을 BSC말이다! 그로 인해 우리 두 그룹의 신뢰도는 바닥까지 떨어져 내렸어. 그래서 김태우가 우리에게 대한그룹을 통째로 물갈이하자고 제안했을 때 흔쾌히 수락했던 것이지."

태하는 당시의 상황에 대해 설명한다.

"그때의 나는 가족 말고는 믿을 사람이 없다고 생각했다. 그래서 너희들에게 족쇄를 채워둔 것이었어."

"…때론 불신이 사단을 만드는 법이다."

"하지만 결과론적으론 내가 옳은 선택을 한 것이지. 아닌가?"

"후후, 하긴. 네 말이 맞긴 하군."

그는 대한그룹 회장 일가를 살해하던 당시의 상황을 증언해 나갔다.

"이미 아파린 투자신탁은 그룹 내 세력 다툼으로 인해 자금이 거의 다 끊어져버린 상황이었다. 아마 네가 족쇄를 채우지 않았다면 놈들은 너희의 회사를 다 들어먹고도 남았겠군."

"세력 다툼이라. 결국엔 누가 이겼지?"

"아직 모른다. 원래 정명회의 정통후계자가 지금 감옥에 들어간 것 말고는 아는 것이 없다."

"흠, 그렇군……."

리처드는 곧바로 자신들이 어떻게 가담했는지 설명한다.

"아무튼, 우리는 그렇게 하여 너희 일가족을 담가버리기로 했다. 나는 히트맨들을 동원하여 네 비행기를 점거하고 아파린은 네 명의로 된 통장에서 15억을 인출시켰지. 네 통장에서 빠져나간 돈은 익히 알다시피 블루문 휘하에 있는 심부름꾼에게로 갔을 것이다."

"블루문?"

"한국에 있는 기업형 범죄 집단이다. 네 가족들도 그놈들이 죽였어."

태하는 이제야 밑그림이 다 그려지는 것 같았다.

"그러니까… 네놈이 나를 죽이는 동안 아파린은 나를 파렴치한으로 만들고, 블루문이 내 가족을 죽였다?"

"종합하자면 그렇다. 하지만 이 과정에서 나도 전혀 예상치 못했던 일이 발생했다. 바로 제네럴 사의 개입이었지."

"설마……."

"그래. 원래 비행기가 폭발한다는 시나리오는 애초에 존재하지도 않았어. 그런데 뜬금없이 제네럴 사가 우리 쪽 사람들을 통구이로 만들어버렸지."

"돈은 너희들이 제네럴 사에게 준 것으로 되어 있던데?"

"아니다. 우리는 그저 유전의 지분을 그들에게 전달해 준 것뿐이야."

"한 마디로 운반책이었던 것이군?"

"우리가 원래 하는 일이 그렇지 않나? 돈세탁."

"하긴."

이제 모든 미스터리가 풀렸지만 한 가지 의문점이 드는 태하다.

"그런데 제네럴 사에 대한 지분은 너희들이 꽤 많이 가지고 있다고 들었다. 어떻게 된 것이냐?"

"그건……."

바로 그때, 그의 목에서 울혈이 튀어나온다.

"쿨럭!"

푸하아아아악!

"이, 이봐!"

"쿨럭, 쿨럭! 제발 내 아들만은, 살려 주길……."

"리처드!"

다니엘을 살려 달라고 부탁한 그는 이내 숨을 거두고 말았다.

* * *

며칠 후, BSC홀딩스가 에이마르 홀딩스를 인수하여 주식회사 청명이라는 이름으로 다시 태어났다.

한문으로는 청명(淸明), 영어로는 블루 스카이라는 뜻을 가진 회사였다.

청명은 천하랑의 호로, 600년 전 무림에선 그를 청명검 천하랑이라고 불렀다.

물론, 그가 무림의 공적이 되기 전의 일이지만 당시 무림에선 천하랑을 무림 3대 검성이라고 칭송할 정도로 명성이 자자했다.

태하는 그런 그의 호를 이어 뜻을 펼치기로 마음을 먹었던 것이다.

이제는 청명그룹이라고 불리는 태하의 회사는 에이마르 홀딩스의 사유재산이었던 건물들을 모두 처분하고 오로지 제노니스라는 조직과 그들에 관련된 사업만 남겨두고 있었다.

언뜻 보면 팔다리가 모두 잘려나간 것처럼 보이는 에이마르 홀딩스였지만 BSC홀딩스와 합쳐지니 의외의 시너지를 발휘했다.

BSC홀딩스나 에이마르 홀딩스나 공격형 M&A로 먹고 살아온 기업이니 그 갈래가 비슷했기 때문이다.

거기에 각자의 장점인 돈세탁과 마피아의 조직력을 합치니,

그야말로 금상첨화라 할 만했다.

블루 스카이 빌딩이라고 이름을 바꾼 옛 BSC빌딩에 태하의 집무실이 위치하고 있다.

청명그룹 회장실이기도 한 이곳으로 휠체어를 탄 다니엘이 들어왔다.

"…또 무슨 볼일이 있기에 사람을 이곳까지 부른 것인가?"

"그렇게 날을 세울 필요 없어. 어차피 너와 나는 이제 이해관계로 얽힌 사이가 아니니까."

"고마워 눈물이 다 나려고 하는군……."

태하는 그에게 통장을 하나 건네며 말했다.

"받아라. 네 아비가 주는 마지막 유산이다."

"…유산?"

"죽음과 바꾼 것이기도 하지."

그가 건넨 통장에는 스위스 국립은행의 직인이 찍혀 있었다.

"스위스로 건너가서 살아라. 그곳에 가면 사람이 살 만한 집과 전답이 있어. 그것을 가지고 평생 놀고먹으면서 유유자적하게 살아라."

"나에게 왜 이런 것들을 넘겨주는 것이지?"

"말하지 않았나? 네 아비가 목숨과 바꾼 것이라고. 그리고 이 모든 일이 일어난 데엔 나의 잘못도 일부 있다. 그래서 주는 것이니 단순한 호의라고 생각하진 말아라."

"…이것 먹고 떨어져라?"

"아주 잘 아는군."

"이런 빌어먹을! 원수에게 돈을 받아서 목숨을 연명하라면 내가 얼씨구나 좋다고 따를 줄 알았나!"

"네 아비의 유언이다. 개소리 그만 지껄이고 순순히 떠나는 것이 좋아."

"뭐, 뭐라?"

"잘 들어라."

태하는 리처드와의 대화를 녹음해준 파일의 끝부분만 잘라서 재생시켰다.

—쿨럭, 쿨럭! 제발 내 아들만은, 살려 주길…….

"……."

"아비의 유언을 그냥 그렇게 내팽개칠 것인가?"

이윽고 다니엘은 고개를 푹 숙이고 말았다.

"아버지……."

"아무리 악한 사람도 아버지는 아버지더군. 죽는 순간까지 자기 자식을 아끼다니 말이야."

태하는 그에게 비행기 티켓도 한 장 건넸다.

"가라. 그리고 다시는 돌아오지 마."

"……."

그는 아무런 말없이 회장실을 나섰고, 태하는 그 녹음기를 그 자리에서 즉시 소각시켜 버렸다.

화르르륵!

"이제 더 이상 마피아 리처드는 없다."

이로서 태하는 에이마르 홀딩스에 대한 복수를 마무리 지었다.

8. 새로운 국면

이른 새벽.

동대문의 한 허름한 대폿집에 두 여자가 마주앉아 있었다.

벌써 소주를 네 병째 마시고 있었지만, 그녀들은 그 자리에서 꼼짝도 할 생각이 없는 것 같았다.

쪼르르르—

"한 잔 더 받아요."

"……."

술을 따르는 사람은 서울중앙지검 박유주 검사, 그리고 잔을 받는 사람은 서울지방경찰청 강력1팀장 추나희였다.

술잔을 받은 추나희는 그녀를 바라보며 물었다.

"그러니까… 검사님 말은 지금 김태우 씨가 이번 사건의 범인이라는 소리죠?"

"아마도요."

"아마도라……."

말끝을 자꾸 흐리는 그녀에게 유주가 말했다.

"알아요. 검사가 이렇게 추론 하나를 가지고 강력반 팀장에게 사건을 뒤엎자고 말하는 것이 우습다는 것을요. 하지만 어쩌겠습니까? 사실이 그러한 것을."

"……."

유주는 그녀에게 전자 담배를 건넸다.

"한 대 피우실래요? 좀 나으실 텐데."

"…됐어요. 저도 꼴에 형사라 그런 시시한 장난감은 안 피웁니다."

"그렇군요."

두 여자는 자신들이 즐겨 피우는 각자의 담배를 한 모금씩 머금었고, 유주는 그 연기를 코로 내뱉으며 말했다.

"솔직히 말해 봐요. 추 팀장님도 직감은 하고 있었잖아요?"

"…뭘 말입니까?"

"이번 사건이 결코 종결된 것이 아니라는 것을요."

"……."

유주는 그녀에게 깊숙이 고개를 숙였다.

"내가 이렇게 부탁할게요… 그러니 나를 좀 도와줘요!"

"검사가 경찰에게 이런 부탁을 하다니, 이것 참……."

"그래요, 우습긴 하죠. 하지만 일단 사람은 살리고 봐야 하는 것 아니겠어요?"

"후우……!"

추나희는 유주에게 사건을 뒤엎자는 제의를 받음과 동시에 정말 말도 안 되는 부탁을 받았다.

그것은 바로 식물인간 상태인 김태린을 데리고 캐나다로 도주하는 것을 도와 달라는 얘기였다.

정말 얼토당토 않는 얘기이긴 하지만 실제로 태린은 얼마 전 살해 위협에서 간신히 살아난 전적이 있었다.

아마 지금 이 순간에도 누군가 그녀를 죽이기 위해 판을 짜고 있지 않을까 생각하는 두 사람이었다.

가만히 유주를 바라보던 추나희는 이내 술을 한 모금 넘겼다.

꿀꺽!

그리곤 거칠게 잔을 탁자 위에 '쿵'하고 내려놓았다.

"좋습니다! 까짓것, 한번 해보지요, 뭐!"

"정말입니까?!"

"하지만 조건이 하나 있습니다."

"무엇입니까?! 말씀만 해주십시오!"

"이번 작전이 끝나더라도 검사님께선 이 사건에서 손을 떼시면 안 됩니다. 끝까지 저희들과 함께 싸워주셔야 해요."

"물론입니다… 비록 내가 옷을 벗는 한이 있어도 죄를 지은 사람들을 반드시 단죄하고 말 겁니다."

"그래요, 그것이면 되었습니다."

이윽고 두 사람은 서로 의기투합하였음을 암시하는 술잔을 나누어 마셨다.

* * *

늦은 밤.

태하는 유주의 전화를 받았다.

그녀는 여전히 술에 조금 취해 있었는데, 어제 새벽에 마셨던 술이 아직까지 깨지 않은 듯했다.

꽤 긴 시간이 흘렀음에도 불구하고 아직까지 혀가 꼬이는 그녀였지만, 그 속내만큼은 말짱히 깨어 있는 것 같았다.

—외과, 내과, 신경과, 심장의학과, 정신과, 마취과 등등, 의사들이란 의사들은 전부 다 섭외해야 해. 알겠지? 그리고 유능한 간호사들도 대동해야 하고.

"알겠어. 그럼 내가 준비해야 할 것은 인력 말고 없는 건가?"

—일단 그 사람들만이라도 잘 데리고 와. 그래야 네 동생이 살아.

"그래, 알겠다. 아무튼 잘 좀 부탁한다."

—부탁은 무슨, 아무쪼록 너는 신분이 들통나지 않도록 잘 숨어 있어. 네가 발견되면 모든 것은 다 수포로 돌아가니까.

"알겠다."

지금 만약 태하가 경찰에 붙잡히게 된다면 그의 생환은 전 국민에게 다 퍼져나가게 되는 셈이다.

그렇게 되면 지금 그가 가지고 있어야 할 지분들은 전부 태린에게 이양되지 않고 다시 이사회로 넘어가게 될 것이다.

김태우는 그 기회를 절대로 놓칠 인물이 아니니, 잘못하면 임시회장에서 진짜 회장으로 직위가 바뀌게 될 수도 있다는 소리다.

—아무튼 몸 조리 잘하고 있어. 이 누나가 금방 갈게.

"그래. 알겠다!"

그녀는 삼일 후에 태린을 병원에서 꺼내어 캐나다까지 배를 타고 이동하기로 했다.

아마 그 작전이 성공하게 된다면, 이제 태하와 태린은 죽을 때까지 떨어지지 않게 될 것이다.

"태린아! 이 오빠가 꼭 지켜 줄게!"

이윽고 그는 유주가 말했던 의사들을 섭외하기 위해 길을 나섰다.

마피아들은 잦은 싸움과 총격전을 벌이기 때문에 하루가 멀다고 생사를 넘나드는 수술을 받는다.

하지만 총격전을 한 번 치르고 나면 거의 대부분은 지명수배자가 되기 때문에 병원에서 의료 행위를 받는 것은 꿈도 꿀 수 없게 된다.

때문에 마피아들은 자신들이 아는 외과 의사 한 명쯤은 반드시 핸드폰에 그 연락처를 저장해 놓고 다닌다.

태하는 제프에게 뛰어난 실력의 외과 의사를 소개 받을 수 있는지 물어보았다.

그러자, 그는 명함을 한 장 건네주며 말했다.

왕진 전문 레진의료

"진짜배기 전문가들입니다. 외과는 물론이고 신경과와 정신과 의사까지 있습니다. 다만, 그들의 몸값이 상당히 비싸다는 것이 단점이긴 합니다."

"돈은 얼마가 들어도 좋다. 중요한 것은 이들의 실력이지."

제프는 스스로 자신의 상의를 벗어 레진의료에서 시술해준 부위들을 직접 보여주었다.

그의 몸에는 총 50개의 수술 자국이 남아 있었는데, 그중에 몇 개는 크기가 사람 팔뚝보다 더 컸다.

“총알을 몸에 달고 사는 사람들은 이런 수술들 쯤은 밥 먹듯이 받습니다. 하지만 정말로 큰 수술은 전문의가 아니면 아예 손도 댈 수 없을 정도지요. 하지만 레진의료는 그런 위급한 수술을 단 30분 만에 끝냈습니다. 사설 간호사들이 그러더군요. 이 정도 상처면 적어도 세 시간 이상은 수술을 받아야 한다고 말입니다.”

“흐음…….”

“과연 의사들을 어디에 쓰시려는 것인지는 몰라도 이들은 결코 실망을 시키지 않을 겁니다. 물론, 보스가 그들을 실망시키게 되면 재미가 없을지 몰라도 말입니다.”

“걱정할 필요 없다. 원하는 만큼 줄 것이니.”

그는 제프에게서 받은 명함을 가지고 영국 포츠머스로 발을 옮겼다.

* * *

영국 포츠머스의 작은 시골마을

이곳은 총 열 가구 남짓한 사람들이 살아가는 곳이다.

이들은 전부 공동 농장과 공동 어장을 등을 운영하며 자급

자족하는 전형적인 귀농인이다.

하지만 그들의 실제 모습은 귀농인과는 조금 다른데, 그들은 전부 영국 왕립병원에서 집도의로 일했던 유능한 인재들이다.

물론, 지금은 병원에서 그 이름이 사라지긴 했어도 아직까지 그들이 돌아간다면 왕립병원에서도 쌍수를 들고 반길 정도로 실력이 좋다.

태하는 귀농인으로 변장하며 살아가는 레진의료를 찾았다.

포츠머스 레진마을

마을 입구에 붙어 있는 간판을 보곤 어째서 레진의료라는 이름이 붙었는지 아주 쉽게 이해한 태하다.

"단순히 레진이라는 지명 때문에 레진의료라는 이름이 붙은 모양이군."

그는 레진마을의 중앙에 떡하니 자리 잡고 있는 레진마을회관으로 향한다.

이곳에는 사람들이 곡식을 말리거나 어획량을 나눌 때에 이용되는데, 가끔은 응급수술실로 바뀌기도 한다.

태하는 마을회관을 문을 두드려 사람을 찾았다.

똑똑!

"계십니까?! 맨체스터에서 왔습니다!"

그러자, 저 멀리서 한 중년 여성이 술에 취해 비틀거리며 다가온다.

딸꾹!

"아아, 당신이 아까 낮에 전화했던 청년인 모양이군?"

"예, 그렇습니다."

"딸꾹! 뭐, 그렇다면 상담을 하긴 해야겠군."

그녀는 술에 취해 거의 질질 끌리다시피 하는 몸을 이끌고 태하를 마을회관 안쪽으로 안내했다.

"…일단 들어와요. 누추하긴 하지만 앉을 곳은 있을 거예요."

"감사합니다."

태하는 레진의료와 마주하기 전, 그들에 대한 자료들을 몇 가지 수집했다.

이들에게는 몇 가지 룰이 있는데, 그것을 어길 시엔 왕진이 취소되기도 한다.

가장 먼저, 그들은 돈이 되지 않는 일은 절대로 하지 않는다.

이들에게 환자의 상태는 큰 문제가 되지 않지만 자신들이 원하는 보수보다 낮은 금액을 제시하게 되면 왕진은 그 자리에서 취소다.

그리고 또 하나, 환자의 죽음에 대해선 절대로 책임을 지지 않는다. 또한, 그에 따라 지불했던 돈도 절대로 환불받을 수가 없다.

언뜻 듣자면 상당히 기분이 나빠 아무도 수술을 하지 않을 것 같지만, 벼랑 끝에 내몰린 사람들이라면 당연히 그 조건들을 수락할 수밖에 없을 것이다.

그녀는 태하에게 환자의 상태에 대해 묻는다.

"어떤 환자입니까? 어디가 아프기에 우리까지 찾아요?"

"벼랑 끝에서 떨어졌다가 살아났는데, 다시 목덜미에 구멍이 나서 기도가 막혔었습니다. 물론, 지금은 간신히 살아 있긴 하고요."

"으음, 그 정도로 상태가 나쁜데 굳이 이곳까지 찾아와 수술을 부탁하는 이유는 뭡니까? 어지간하면 그냥 일반병원에서 하시는 편이 나을 텐데?"

"목숨이 위험합니다. 잘못하면 살해를 당할 수도 있어요."

"아아, 살해 위협을 받고 있군요?"

"말하자면 그렇습니다."

그녀는 길게 묻지 않았다.

"좋습니다. 수임료는 2백만 달러로 책정하지요."

"그, 그렇게나 빨리 수락해도 됩니까? 아직 저는 자세한 얘기도 하지 않았습니다만……."

"우리가 왕진을 다니는 목적이 뭡니까? 바로 돈입니다. 환자의 상태야, 이미 상당히 좋지 않으니 우리를 찾았을 것 아닙니까?"

"뭐, 그건 그렇지요……."

"그런데 뭔 얘기가 더 길어지겠습니까? 그냥 당신은 우리에게 돈을 주고 우리는 그에 맞는 치료를 해주면 되는 것이지요."

"…그, 그렇군요."

이윽고 그는 태하에게 서류 한 장을 내밀었다.

"서명하십시오. 우리가 당신의 동생에게 의료 행위를 해주는 대신 긴급 수술 등에 대한 책임은 지지 않는다는 조건입니다."

"그렇게 하지요."

원래 의료사고는 의사의 과실에 따라서 병원 측의 책임을 물을 수도 있고 그렇지 않을 수도 있다.

수술에 실패했다고 해서 무조건 의사가 처벌을 받는 것도 아니고 그렇다고 처벌을 받지 않는 것도 아니다.

하지만 수술에 대한 책임은 일단 의사에게 있기 때문에 자신이 없는 수술은 하지 않는 것이 일반적이다.

그러나 만약 이들에게 면죄부를 적용하게 된다면 어떻게 될까?

태하는 이 조건들이 그들의 의료 활동에 조금 더 큰 도움이 될 것이라고 생각했다.

'그래, 부담감을 줄이면 그만큼의 성과가 나오겠지.'

그는 계약서에 거침없이 서명했다.

*　　　*　　　*

이른 아침, 서울중앙지검에서 경찰들을 대동한 채 수사 활동을 개시했다.

"어서 움직입시다!"

"예!"

바로 며칠 전, 서울중앙지검으로 한 통의 제보 전화가 도착했다.

그것은 바로 대한병원으로 한 구의 시신이 들어왔는데, 그 시신이 마약으로 가득 차 있다는 것이었다.

하여, 이들이 향하는 곳은 대한그룹에서 운영하는 대한병원 시신보관소다.

유주는 서울지방경찰청 강력반 1개 팀을 동원하여 이곳에 위장입고 되어 있다는 시신 한 구를 찾겠다고 했다.

하지만 그녀는 아침부터 들이닥친 검찰을 온몸으로 막아서는 병원 관계자들과 마주하게 되었다.

"이거 왜 이러십니까?! 검사님께서 갑자기 들이닥치시면 환자들이 동요합니다!"

"알아요. 하지만 별수 있겠습니까? 법원에서 정식으로 영장까지 발부된 마당에, 제가 나가지 않을 수가 있어야지요."

그녀는 오른손을 척 내밀었는데, 그 안에는 서울중앙법원에서 발부한 영장이 첨부되어 있었다.

"지금부터 우리가 하는 일을 방해하거나 관여하게 된다면 공무집행방해죄로 처벌을 받을 수 있습니다."

"…검사님! 정말 이러실 겁니까?! 아무리 그래도 도련님의 얼굴을 봐서라도 선처해 주실 수 없습니까?!"

유주는 단호하게 그의 부탁을 거절한다.

"저는 태하, 태우의 친구이기 전에 검사입니다. 당연히 내 할 일을 해야 한단 말입니다."

"그렇지만……."

"자자, 다들 움직이세요! 놈들이 시신을 들고, 튀면 답도 없어요!"

"예, 검사님!"

강력계 형사들은 시신 검안을 위한 라텍스 장갑과 마스크를 착용한 채 막무가내로 그들을 밀어내기 시작했다.

그러자, 병원 관계자들은 별수 없이 물러설 수밖에 없었다.

유주는 그런 그들의 어깨를 다독이며 말했다.

"공사가 다망한 곳이 바로 검찰입니다. 제보가 있는데 움직이지 않으면 나나 당신들이나 서로 피곤해져요. 알아요? 나는 정경 유착이네 뭐네 말이 나올 것이고, 대한그룹은 마약을 넣은 시신을 보관해 주고 커미션을 받는 것이 아니냐는 의혹이 제기될 것이란 말입니다. 알겠어요?"

"…알겠습니다."

그녀의 말대로라면 지금 이 병원에는 시신 가득 마약을 담은 엄청난 운반책이 숨어 있다는 소리였다.

그러니 그들이 비키지 않을 수 없었던 것이다.

유주는 형사들과 함께 병원 B동 지하실에 위치한 시신보관소로 향했다.

"시신보관소는 이 건물 맞은편에 있는 B동 지하에 있어요. 그러니 3층에서 구름다리를 건너가는 편이 나을 겁니다."

"예, 검사님!"

대한병원은 총 일곱 개의 병동으로 나뉘는데, B병동의 경우엔 무연고 시신이나 기증자 시신들을 보관하는 장소로 사용된다.

또한, 의과대학에서 실습을 나온 학생들이나 부검의들이 기거하는 숙소가 제공되기도 한다.

여러모로 B동은 관계자나 일부 학생들을 제외한 다른 사람에겐 상당히 배타적이라는 소리이기도 하다.

하지만 영장을 발부받은 그녀에게 거침이란 있을 수가 없었다.

그녀는 사진을 한 장 꺼내들더니, 이내 그것을 높게 들어 올려 형사들에게 보여주었다.

"자, 앞에 있는 곳이 B동입니다. 이렇게 생긴 사람은 굳이 시신보관소가 아니더라도 B동 어딘가에 분명 있을 겁니다. 찾으세요!"

"예, 검사님!"

이내 유주는 경찰들과 함께 시신보관소로 향했다.

* * *

같은 시각, 대한병원 의료진이 정밀 검사를 위해 태린을 C동 15층에서 A동 3층으로 옮기는 중이었다.

오늘 그녀는 병원에서 할 수 있는 최대한의 검사를 통하여 건강상에 이상이 있는지 체크하게 될 것이다.

대략 다섯 명의 인력이 그녀에게 붙어 있었는데, 그중 두 명은 의사이고 나머지는 간호사와 간병인이었다.

간호사들은 그녀의 수려한 외모를 바라보며 혀를 찼다.

"쯧쯧, 이렇게 꽃다운 나이에 어쩌다 이 지경이 되었을까?"

"그러게 말이에요. 외모로 따지자면 연예인들도 안 부러울 외모에 대단한 집안 아가씨인데…….”

“뭐, 인명은 재천이라는 말도 있잖아? 단순히 그냥 재수가 없었던 것뿐이지.”

“그런가요? 인생 참 너무 허무하네요.”

“후후, 그런 말하지 말아. 코마상태의 환자라고 해도 주변에서 하는 말을 전부 다 듣고 있거든.”

“하지만 너무 불쌍하잖아요…….”

“뭐, 그건 그렇지…….”

대한그룹에 속한 임직원들이라면 그 곱고 아름다운 태린의 자태를 결코 잊을 수가 없을 것이다.

또한, 그녀가 가지고 있던 부드러운 성품은 가히 천상에서 내려온 천사라고 할 수 있었다.

때문에 대한그룹의 임직원들치고 그녀를 싫어하는 사람이 없었다.

“빨리 깨어나셔야 할 텐데…….”

“누가 아니래? 그나저나 이분의 오라버니는 아직도 행방불명이야?”

“네, 그런 것 같더라고요.”

“이런…….”

태하 역시 같은 회사 내에 있는 사람들에겐 상당히 유명한 스타였다.

그런 그가 감쪽같이 사라지고 없으니, 그들은 묘연하게 흐려진 태하의 행보가 못내 아쉬웠던 것이다.

하지만 세상은 자신들이 원하는 대로만 흘러가지 않는다.

"후우… 아무튼 우리는 이 아가씨를 살리는데 최선을 다하면 되는 거야. 그렇죠? 선생님들."

그녀의 말을 받은 의사들이 씁쓸하게 고개를 끄덕인다.

"그렇죠… 우리는 사람을 살리는 사람들이니 이 환자가 죽도록 내버려 두진 않을 겁니다."

이윽고 이들을 태운 엘리베이터가 3층에 멈추어 섰다.

딩동!

—3층입니다.

단출한 안내멘트와 함께 엘리베이터에서 내린 의료진은 그녀를 데리고 7개의 건물을 하나로 잇는 구름다리를 건넜다.

드르르르륵—

부드럽게 미끄러져 가는 환자용 침대, 바로 그때였다.

"비켜요! 경찰입니다!"

"어어, 어어어어……!"

한 무리의 형사들이 시신으로 보이는 누군가를 데리고 힘차게 달리고 있었고, 그 방향은 애석하게도 의료진이 서 있는 곳 측면이었다.

"이봐요! 조심……."

"허, 허억!"

퍼억!

결국 속도를 줄이지 못한 형사들과 의료진은 접촉사고를 냈고, 환자와 시신이 바닥에 떨어져 나뒹구는 사태가 벌어졌다.

"어, 어머나!"

"에잇, 정말! 이게 뭐하는 짓입니까?! 이 환자는 산소호흡기를 떼기만 해도 위급해진단 말입니다!"

"어이쿠, 죄송합니다! 저희들은 그런 줄도 모르고……."

"그리고 세상에 어떤 사람들이 병원에서 사람보다 시신을 먼저 챙긴단 말입니까?!"

"미안하게 되었습니다. 워낙 중요한 사안이라 그랬던 겁니다. 이해 좀 해주시죠."

"이것 참……."

더 이상 화를 내봐야 좋을 것이 없다는 것을 깨달은 의료진은 바닥에 누워 있던 그녀를 들어 다시 들것으로 옮겼다.

"아무튼… 다음부터는 이런 일 없었으면 좋겠군요."

"네, 명심하겠습니다!"

이윽고 그들은 갈 길을 갔고, 경찰들은 바닥에 누워 있던 시신을 다시 들것에 태워 이동하기 시작했다.

*　*　*

대한병원 B병동 무연고 시신보관소에 유주와 추나희 경감이 들어선다.

그녀들은 모두 하나같이 초대형 스캐너를 대동하고 있었는데, 그 크기가 건물 천장까지 닿고도 남을 정도였다.

형사들은 이렇게나 큰 장비들을 바라보며 고개를 갸웃거린다.

“원래 마약탐지는 개가 하는 것 아닙니까? 굳이 이렇게 스캐너까지 사용해야 합니까?”

“병원에 개를 데리고 오는 것은 불가능해요. 아무리 경찰이라곤 해도 개를 함부로 데리고 왔다가 환자들에게 무슨 변고라고 생기면 어떻게 할 겁니까?”

“하긴, 그건 그렇군요.”

마약을 탐지하는데 가장 신뢰도가 높은 것이 바로 개의 후각이다.

개들은 극도로 발달된 후각을 통하여 밀반입되는 마약들을 탐지해낼 수 있도록 훈련을 받았다.

만약 편하게 마약을 찾고자 했다면 당연히 개를 대동했을 것이다. 하지만 유주는 병원에 상주하고 있는 환자들을 핑계로 스캐너까지 준비한 것이었다.

"자, 어떤 놈들이 시신에 마약을 실어 국경을 넘은 것인지 한번 확인해 봅시다. 다들 장비를 사용하는 법은 잘 알고 있지요?"

"물론입니다!"

"그럼 시작하세요."

그녀는 형사들과 함께 스캐너를 가지고 시신보관소를 돌아다니며 일일이 시신을 확인해 본다.

"A열 이상 없습니다!"

"B열도 마찬가지입니다!"

그렇게 스캔은 계속되었고, 유주는 매의 눈으로 시신들을 바라봤다.

"자, 아마 어딘가에 있을 텐데……."

바로 그때, 조금 뒤에 서 있던 추나희가 핸드폰을 잡는다.

따르르르르릉!

"네, 추나희입니다."

잠시 하던 일을 멈추고 그녀를 바라보는 형사들, 그녀는 손짓으로 별것 아니라는 신호를 보낸다.

이윽고 그녀는 뭔가 상당히 중요한 전화가 온 듯, 이내 걸음을 옮기기 시작했다.

"자, 다들 힘내서 찾아봅시다. 저는 전화 좀 받고 올게요."

"네, 그러십시오. 팀장님."

추나희가 자취를 감추자, 수사는 조금 더 빠르게 진행된다.

“자자, 빨리빨리 움직입시다! 시간이 별로 없어요!”

“네, 검사님!”

형사들은 유주의 독려에 못 이겨 아주 신속하게 시신보관함을 열어 그 안의 사람에게 스캐너를 가져다 댄다.

삐비비비빅—

하지만 여전히 시신에선 별다른 징후가 보이지 않는다.

“검사님, 아무래도 이곳은 아닌 것 같은데요?”

“그렇습니까? 흐음…….”

고민 하는 그녀, 그런 그녀에게 형사들이 가장 좋아할 만한 소식이 들렸다.

똑똑.

“검사님?”

“네, 들어오세요.”

“밖에 식사를 준비해 두었습니다. 한술 뜨고 하시지요.”

“아아, 고마워요!”

대한그룹 환자용 식단은 어지간한 한정식 전문점보다 맛있다고 소문이 나 있다.

그런 그들이 특별히 음식을 만들어냈다면, 당연히 천하일품일 터였다.

꿀꺽!

"가시죠. 먹고 합시다."

"좋지요!"

신출내기 형사들은 구토하기 바쁘고 고참인 선배들은 웃는 낯으로 식사를 넘겼다.

"우웨에에에엑!"

"쯧, 그렇게 비위가 약해서 무슨 형사 생활을 한다는 거야?"

"죄송합니다!"

"후후, 죄송할 것이 뭐 있어? 그냥 네가 그러게 타고난 것을."

형사들은 밖에서 농담 따먹기를 하고 있었지만 유주는 아직도 바쁘게 움직이고 있다.

철컹, 철컹!

스텐 집기를 일일이 열어 안을 확인하는 유주, 그녀는 자리에서 일어서려는 경찰들을 만류했다.

"드세요. 저는 이곳에 잠시 있겠습니다."

"하지만……."

"괜찮아요. 드세요."

"네, 그럼……."

그녀는 모두가 불편해하는 것을 막기 위해 시신보관소의 문을 닫았다.

그러자, 그 때에 맞춰 추나희가 스캐너를 몇 대 더 들고 나타났다.

“자, 그럼 시작하실까요?”

“그럽시다.”

두 사람은 CCTV가 달린 곳에 교묘히 스캐너를 세워두었고, 이제 당분간 이곳은 감시 체계에서 벗어나게 될 것이다.

그녀들은 이제 시신보관함에서 172㎝의 키에 늘씬하게 잘 빠진 여성 한 명을 꺼냈다.

그리곤 그녀를 보관함에서 꺼내어 어디론가 이동했다.

“읏 !”

“최대한 빨리 끝냅시다!”

“그러자고요!”

두 사람은 형사들이 없는 틈을 타 시신을 다른 곳으로 옮기기 시작했다.

*　　　*　　　*

한 편, 유주의 압수수색을 보고 받은 김태우가 고개를 갸웃거린다.

“우리 병원에 마약을 운반하는 시신이 들어와 있다고요? 그게 말이나 됩니까?”

“그래서 지금 경찰과 검찰이 서로 손을 잡은 것 아니겠습니까? 그 말이 안 되는 제보를 위해서 말입니다."

"거참……."

다른 사람도 아니고 유주가 이곳에 온다니 뒤가 조금 찜찜해지는 태우다.

"만에 하나 뭔가 잘못되는 일이 벌어지진 않겠지요?"

"잘못된 일이라면……."

"그냥 그런 느낌이 들어서 말입니다. 노파심에 혼잣말을 한 것이니 괘념치 마십시오."

불안한 기색을 애써 감추는 태우, 바로 그때였다.

콰앙!

"부회장님!"

태우의 집무실 문을 부실 듯이 열고 들어온 사람은 다름 아닌 그의 수행비서였다.

그는 조금 일그러진 미간을 하곤 그에게 물었다.

"무슨 일입니까? 그런다고 문이 부서지겠어요?"

"지금 그게 중요한 것이 아닙니다! 김태린 씨가 사라졌어요!"

순간, 김태우가 자리를 박차고 일어선다.

"뭐, 뭐요?! 누가 사라져요?!"

"김태린 씨 말입니다! 그녀가 지금 감쪽같이 사라졌습니다!"

"이런 빌어먹을!"

김태우는 곧장 집무실을 나선다.

"대한병원으로 갑시다!"

"네!"

그는 수행비서들을 대동한 채 대한병원으로 달려갔다.

*　　*　　*

태우가 대한병원에 도착했을 때엔 이미 유주가 시신을 차에 싣고 있는 중이었다.

"제기랄……!"

"몸으로라도 막아!"

태형은 이미 유주와 실랑이를 벌이고 있었는데, 그는 일이 터지자마자 그녀부터 의심했던 것이다.

"도대체 왜 우리를 방해하는 건데? 이거, 공무집행방해죄야!"

"알아요, 하지만 그래도 어쩌겠어요? 그 안에 우리 동생이 들어 있을지도 모를 판국에!"

"…뭐야? 그게 무슨 말이야?"

"태린이가 사라졌습니다!"

"뭐? 누가 사라져?"

"태린이! 지금 태린이가 병실에서 없어졌단 말이에요!"

그녀는 고개를 갸웃거린다.

"그게 무슨 말도 안 되는 소리야?! 태린이가 사라졌다니……."

태형은 차갑게 가라앉은 눈으로 말했다.

"…시치미를 떼는 겁니까?"

"뭐?"

"당신이 태린이를 빼돌리려는 거지요?! 아닙니까?!"

"그게 무슨 개소리야? 내가 누굴 빼돌려?!"

막무가내로 유주의 앞을 막아서는 태형, 형사들은 그런 그를 뜯어 말리기 시작했다.

"이런 미친 사람을 보았나?! 지금 공무 집행 중인 것 안 보여요?"

"이거 놔! 사람이 없어졌는데 지금 내가 가만히 있게 생겼어!"

"자꾸 이러시면 체포하는 수가 있습니다!"

"체포? 체포하려면 해! 하지만 내 허가 없이 이 차가 병원에서 나갈 수 있을 것 같아?"

"아니, 이 사람이 진짜!"

마치 정신이 나간사람처럼 행동하는 태형을 바라보며 유주가 말했다.

“자꾸 이럴 거야? 아무리 너라도 공무 집행을 방해하면 어쩔 수 없이 체포할 수밖에 없어.”

“…좋습니다. 내가 물러나도록 하죠. 하지만 조건이 하나 있어요.”

“조건?”

“저 안에 들어 있는 사람이 태린이가 아니라는 것을 증명해 주세요.”

“…….”

“어서요!”

유주는 고개를 가로저었다.

“아니, 그건 힘들겠는데?”

“…뭐요?!”

“공무를 집행하는 중에 확보한 증거를 마음대로 외부에 노출시킬 수야 있나? 당연히 안 되지.”

“뭔가 캥기는 것이 있군! 어서 열어!”

“어허! 이 사람 참……!”

태형과 형사들이 한창 실랑이를 벌이고 있던 바로 그때였다.

‘시신, 시신… 시신?!’

뭔가 번쩍이며 뇌리를 스치는 태우, 그는 갑자기 시신보관소로 향한다.

"지금 당장 B동 격리시켜! 빨리!"

"예!"

그의 수행비서들은 신속하게 B동을 폐쇄시킬 것을 전화로 명령했다.

그러자, 조용히 B동 입구의 셔터가 닫히면서 완벽하게 폐쇄 조치가 되어갔다.

위이이이잉—

태우는 셔터가 닫히기 전에 전력 질주하여 간신히 B동 안으로 몸을 밀어 넣었고, 이내 3층에 있는 시신보관소로 향한다.

"허억, 허억……!"

그는 만약 유주가 태린을 빼돌렸다면 반드시 시신보관함을 이용했을 것이라고 생각했다.

때문에 가장 먼저 시신보관소로 향한 것이었다.

하지만 헐레벌떡 도착한 시신보관소에는 인력이라곤 전혀 찾아볼 수가 없었다.

"어디에 있는 거야…?!"

그는 미친 듯이 보관함을 뒤지기 시작했고, 모르는 사람의 시신과 일일이 다 대면해야 했다.

그렇게 대략 10분쯤 지났을까?

태우는 이곳에 있는 시신들 중 한 구가 없어졌고, 그 시신이 바로 지상에 있는 그라고 생각했다.

전화를 든 태우가 태형에게 물었다.

"시신은 다 확인했나?"

—응… 안에는 없었어.

"젠장!"

바로 그때였다.

위이이이잉—

건물 밖에서 누군가 레커 카(Wrecker Car)의 도르래를 돌리는 소리를 내고 있었고, 태우는 곧장 그곳으로 달려 나갔다.

그리곤 이제 막 작업을 끝낸 레커 카로 향했다.

"이봐요! 멈춰요!"

하지만 레커 카는 그를 못 본채 돌아섰고, 김태우는 끝까지 레커 카를 뒤쫓기 위해 경호원들을 동원했다.

"경호원!"

"예, 부회장님!"

"저기 보이는 레커 카를 잡아요!"

"레커 카를요?"

"어서!"

"예, 예!"

레커 카는 바퀴가 두 개 달린 트레일러를 끌고 있었는데, 그 뒤에는 과연 무엇이 있는지 가늠하기 힘들 정도로 짙은 선

팅으로 도배가 돼있었다.

태우는 저 트레일러 안에 분명 뭔가가 있다고 확신했다.

"…저기다! 저기에 태린이가 있는 것이 분명하다!"

경호원들은 차량 다섯 대를 가용하여 트레일러를 뒤쫓았고, 운전수는 도대체 무슨 일인가 싶어 뒤를 돌아봤다.

바로 그때, 사거리에서 신호 대기에 걸리면서 레커 카는 그 자리에 멈추어 섰다.

"부회장님! 섰습니다!"

"좋았어! 다들 내려서 저 안에 뭐가 들었는지 확인해 봅시다!"

"예!"

그들은 곧장 트레일러 운전수에게 다가가 물었다.

"잠시 실례 좀 하겠습니다."

"무슨 일이시죠?"

"저희들은 대한그룹 경호팀에서 나왔습니다. 선생님께서 우리 병원을 나서는 것을 보고 뒤쫓아 온 겁니다. 뒤에 뭐가 들어 있죠?"

"뭐긴요, 보시면 알겠지만 폐기물 트레일러인데요?"

"폐기물이라?"

"열어 보시겠어요?"

그는 경호원들에게 트레일러의 열쇠를 건넸다.

'…뭐야? 이것도 아닌가?'

순간, 태우는 고개를 갸웃거렸고 그런 그를 스치며 한 대의 오토바이가 빠르게 지나갔다.

부아아아앙—

오토바이의 뒷좌석에는 대략 172㎝가량 되는 뭔가가 달려 있었고, 태우는 고개를 갸웃거린다.

'설마…….'

이윽고 열리는 트레일러, 경호원들은 이내 고개를 돌리고 만다.

"으윽……!"

"혈액 폐기물?!"

"내가 뭐라고 했습니까? 폐기물 맞죠?"

"그, 그렇군요……."

트레일러 안에는 혈액으로 점철이 된 거즈와 수술 도구 등이 들어 있을 뿐, 그 어디에서도 태린의 흔적은 찾을 수가 없었다.

쾅!

"이런 빌어먹을……!"

태우는 트레일러를 주먹으로 한 대 내려치더니, 이내 다시 왔던 길로 되돌아갔다.

*　　　*　　　*

늦은 오후, 인천 연안부두 앞.

부아아아아앙!

한 대의 오토바이가 검은색 관을 하나 싣고 쏜살같이 달려오고 있었다.

오토바이를 몰던 사내는 이내 짐칸에 매달려 있던 검은색 관을 연안부두 앞 승합차로 가지고 갔다.

끼릭— 끼릭—

관에는 두 개의 바퀴가 달려 있어 성인 남성 혼자서도 충분히 이것을 끌고 다닐 수 있게끔 되어 있었다.

이윽고 그는 승합차의 문을 두드린다.

똑똑.

그러자, 그 안에선 두 명의 남자와 세 명의 여자가 검은색 관을 맞이한다.

"수고했습니다. VIP는요?"

"안전합니다. 열어서 확인해 보시지요."

두 명의 남자는 관을 승합차 안으로 이끌었는데, 승합차에는 각종 의료 기기들이 즐비해 있었다.

한마디로 표현하자면 대학병원 수술실을 그대로 옮겨 놓은 것 같았다.

남자들은 관의 뚜껑을 열었고, 그 안에서는 적당한 온도를 유지시키기 위한 장치와 그것에 의존하고 있는 태린이 잠들어 있었다.

삐빅— 삐빅—

"바이탈 체크, 이상 없습니다."

"좋아, 바로 옮기자고."

"예."

태린은 두 남자에 의해 환자용 침대로 옮겨졌고, 곧바로 세 명의 여자들이 주변으로 다가와 생명유지장치를 연결하기 시작했다.

삐빅, 삐빅—

"바이탈 체크, 이상 없습니다. 이대로 항해해도 무리는 없겠어요."

"좋아, 박 검사님께 연락을 드리도록 하게."

"예, 교수님."

외과 의사 정성식 교수는 대한그룹에서 꽤나 유명한 의사로 손꼽혔는데, 의대를 다니기 전부터 김태평 전 회장의 후원을 받았었다.

또한 그는 의대를 전액 장학으로 졸업하고 미국 외과대학에서 석사와 박사 학위를 받는 동안에도 김태평의 후원을 받았다.

대한병원에는 이렇게 김태평 회장의 전폭적인 지원을 받으며 의사로 자라난 사람들이 꽤 많다.

지금 정성식 교수의 옆에 있는 내과의사 김재민 역시 고등학교를 다니던 시절부터 김태평 회장의 지원을 받은 사람이었다.

이 두 사람은 김태린을 살려야 한다는 유주의 말에 자신의 모든 것을 버리면서까지 이 일에 동참하기로 했다.

아마도 그들은 그녀가 불구덩이로 들어간다면 함께 들어가 그녀를 보살필 정도로 투철한 의리 의식을 가지고 있었다.

잠시 후, 전화를 받고 달려온 유주가 그들을 안내한다.

"다들 도착해 있었군요. 태린이는 좀 어떻습니까?"

"상태는 비교적 양호합니다. 물론, 항해를 거듭하게 된다면 과연 어떤 상태로 유지가 될지는 아직 미지수고요."

"그렇군요. 아무튼 수고 많았고, 앞으로도 쭉 수고하자고요."

"예, 알겠습니다."

"이쪽으로 오세요. 제가 배를 준비해 두었습니다."

이윽고 그들은 유주가 준비한 소형 크루즈에 몸을 실었다.

* * *

서해 바다를 막 지난 남중국해 인근, 유주는 생명유지장치에 의지하여 망망대해를 부유하고 있는 태린을 바라봤다.

삐빅— 삐빅—

유주는 그녀의 머리칼을 한 번 쓰다듬었고, 태린의 윤기 있는 머리가 찰랑거린다.

그제야 유주는 안도의 한숨을 내쉰다.

"휴우… 다행이다, 태린아."

그녀는 시신보관함에서 시신을 꺼낸 후, 그것을 3층 구름다리에서 바꿔치기 했다.

그 이후엔 그녀를 시신보관함 환풍구에 집어넣고 차에는 엉뚱한 시신을를 실었다.

여기서 그녀는 다시 한 번 상황을 비틀었는데, 일부러 두 대의 레커 카를 불러서 한 대는 폐기물을 신도록 했고 나머지 한 대로 태린을 꺼냈던 것이다.

그리고 그렇게 꺼낸 태린은 다시 오토바이에 옮겨 실어 연안부두까지 신속하게 달렸던 것이었다.

그녀는 의심이 많은 태우라면 분명 시신의 진위여부를 확인할 것이라 추측했고, 분명 차부터 열어보려 할 것이라고 생각했다.

그래서 유주는 태린을 시신보관소로 옮기고 찰나의 틈을 타 그녀를 환풍구로 빼돌린 것이었다.

시신보관소의 환풍구는 지상 1층으로 연결되니, 태린에게 와이어를 걸어 당긴다면 충분히 빠져나갈 수 있을 터였다.

그녀의 예상은 예상대로 정확하게 적중했고, 결국 태린은 대한병원에서 벗어날 수 있었다.

"다 됐어. 이젠 정말 태하와 네가 함께 사는 일만 남은 거야."

비록 식물인간이긴 해도 그 모습이 온전하게 남아 있는 태린이기에 태하는 크게 기뻐할 것이 분명했다.

유주는 그가 웃는 모습을 상상하니 뿌듯해졌다.

"자식, 좋아하겠지?"

그녀는 자신이 검사의 길을 가길 잘 했다고 처음으로 생각했다.

9. 재회

캐나다 동부 노바스코샤, 태하는 이곳에 레진의료 소속 의사 열 명을 대동한 채 유주를 기다리고 있었다.

유주는 한국에서 소형 크루즈를 띄워 파나마 운하를 통과하여 곧바로 캐나다로 입항할 예정이었다. 이제 태하는 그녀가 도착하면 태린을 싣고 다시 안전 가옥까지 들어가 상황을 마무리할 생각이었다.

이미 그는 유주가 전송해 주었던 좌표에 최신 의료 기기들을 설치해 두었고, 그녀가 한국에서 가지고 온 장비들과 함께 태린을 살리는데 주력할 것이다.

"무사해야 할 텐데……."

지금 태하가 이렇게 많은 의료진을 대동한 것은 생명진이 발동한 후의 일에 대비하기 위해서였다.

생명진으로 그녀의 꺼져가는 생명을 되살려놓는다고 해도 그 이후의 후유증에는 대비를 할 수 없기 때문이다.

지금 그녀는 몇 번의 생사의 고비를 넘기고 난 이후이기 때문에 생명진이 100% 다 효과를 보이지는 않을 것이다.

그렇게 되면 지금보다 상태가 조금 호전되고 정신이 돌아오는 정도에 그칠 것이며, 그 이후에 일어날 돌발 상황에는 전혀 대처할 수가 없다는 소리였다.

하여 태하는 레진의료라는 사람들까지 이 일이 끌어들여 태린을 보호하기로 했던 것이다.

태하가 심각하게 고민에 빠져 있던 바로 그때였다.

뿌우!

"저기, 크루즈 선이 입항합니다!"

"좋아요, 준비합시다!"

레진의료는 최첨단 의료 기기가 부착되어 있는 응급차를 준비시켰고, 곧바로 그녀를 옮길 수 있는 차비를 차렸다.

잠시 후, 항구에 완벽하게 정박한 크루즈 선에서 다섯 명의 의료진과 유주가 모습을 드러냈다.

"유주야!"

"태하야!"

유주와 태하는 서로를 알아보자마자 달려가 포옹했고, 그녀는 조금 변해버린 태하의 얼굴을 매만지며 환하게 웃는다.

"얼굴이 많이 변했네? 무슨 약이라도 먹은 거야? 머리카락은 또 왜 그렇고?"

"뭐, 그런 사정이 좀 있어. 하지만 건강에 이상이 있는 것은 아니니까 걱정할 필요는 없어."

"그래, 그러면 다행이고."

이윽고 태하는 생명유지장치를 주렁주렁 달고 나오는 태린을 맞이했다.

"태린아……!"

"후욱, 후욱……."

지금 그녀는 수척해진 얼굴로 태하의 곁에 왔고, 그는 하나뿐인 여동생을 끌어안고 오열했다.

"흑흑, 오빠가 미안하다! 내가 못나서 네가 이 지경이 되어버렸구나!"

"……."

아무런 대답이 없는 그녀, 태하는 이내 자리에서 일어서 그녀의 앞에서 굳게 다짐했다.

"반드시, 반드시 이 오빠가 네 복수를 해줄게! 돌아가신 부모님의 원수도 갚고!"

동생과의 간단한 상봉을 마친 태하는 곧장 의료진에게 그녀를 맡겼다.

"갑시다."

"예, 그러시죠."

태하와 유주는 의료진과 함께 안전 가옥으로 향했다.

* * *

유주의 안전 가옥 안, 12명의 의사들은 태린의 상태를 면밀히 살피고 있었다.

삐빅, 삐빅—

생명유지장치에 의지해 가쁜 숨을 몰아쉬고 있는 그녀를 두고 의사들은 하나같이 고개를 가로저었다.

"일단 살아 있긴 있지만 언제 숨을 거둘지 모릅니다. 특단의 조치가 필요할 것 같은데……."

"특단의 조치라면 어떤 것을 말씀하시는 겁니까?"

"우선, 장기이식부터 시작을 해봐야 하지 않겠습니까?"

"장기이식이라……."

지금 그녀의 상태는 그야말로 총체적인 난국이라고 할 수 있을 만큼 심각하다는 것이 의사들의 공통된 의견이었다.

고로, 그녀를 멀쩡히 살리기 위해선 신장이나 비장, 간 같은 주요 장기들을 교체하는 것이 옳은 선택일 터였다.

하지만 태하는 일단 장기이식은 피하자고 건의했다.

"일단, 제가 민간요법으로 할 수 있는 데까진 해보겠습니다."

"민간요법이요?"

"유명한 명의에게서 사사 받은 방법입니다. 제가 충분히 태린이를 호전시킬 수 있어요."

의사들은 연신 고개를 가로저었다.

"…그게 말처럼 쉬운 일이 아닙니다. 지금 김태린 환자의 경우엔 신체의 모든 장기가 거의 제 기능을 할 수 없는 상태란 말입니다. 민간요법으로 다스릴 수 있었다면 이 지경까지 오지도 않았을 겁니다."

12명의 의사들은 모두 태하의 의견에 등을 돌렸으나, 유주는 태하를 믿어보기로 한다.

"해봅시다."

"…박 검사님까지 왜 이러십니까? 아가씨를 이대로 보낼 생각입니까?"

"아니요, 저는 그 누구보다 태린이를 살리고 싶은 사람이에요. 아마 태린이가 죽는다면 저도 온전히 살아갈 수 없겠지요."

"그럼에도 불구하고 검증되지 않은 민간요법에 의지하겠다고요?"

"좋아요. 그럼 지금 당장 장기를 구할 수 있는 방법들을 내

놓아보세요. 그럼 제가 태하를 말릴게요."

"그, 그건……."

"장기이식이 그렇게 간단한 일이 아니라는 것쯤은 다들 잘 아실 텐데요?"

이들은 제약재벌인 유주의 능력이라면 장기쯤은 쉽게 구할 수 있다고 생각하기라도 한 모양이다.

그러나 유주는 그와 정 반대로 얘기했다.

"아무리 나라도 흔적 없이 장기를 밀매하는 것은 어려워요. 공권력을 동원한다고 해도 한두 개도 아닌 장기를 이곳까지 가지고 올 수 있겠어요?"

"으음……."

"그렇다면 지푸라기라도 잡는 심정으로 생명을 연장시키는 편이 낫지 않겠어요?"

짐짓 무거운 표정의 의사들, 정상식은 그 무거움을 단 한 마디로 날려버렸다.

"좋아요. 그렇게 합시다."

"뭐, 뭐요?"

"지금 이 자리에서 아가씨를 가장 살리고 싶어 할 사람은 아마도 도련님일 겁니다. 안 그래요? 저분께서 목숨을 걸겠다고 하신 일이라면 그에 합당한 근거가 있겠지요."

"……."

"다들 동의하시죠?"

"그거야……."

정상식은 태하의 손을 꼭 잡으며 말했다.

"도련님, 아가씨를 꼭 살려 주실 수 있으시지요?"

"물론입니다. 가능한 최선을 다할 겁니다."

"그래요, 회장님의 아드님이시니 분명 성공하실 수 있을 겁니다. 회장님은 불가능을 가능으로 만드신 위인이시니까요."

태하는 정상식의 손을 잡은 채 다시 한 번 힘을 주었다.

"반드시, 반드시 성공시키겠습니다!"

"네, 그래주십시오."

이제는 태하가 자신이 가진 사람을 살리는데 필요한 모든 지식을 동원할 차례였다.

* * *

안전 가옥 주변 삼림지대, 이곳은 벌써 겨울이 완연해 있다.

휘이이이잉—

태하는 설화령의 진법서에 나온 생명진과 활력진에 들어가는 재료들을 구하기 위해 실버와 함께 설원을 헤매고 있었다.

"실버, 순록의 심장이 필요해. 순록을 찾을 수 있겠지?"

"헥헥……!"

활력진은 생기를 잃어버린 태린이 기운을 되찾아 생명진과 반응했을 때 최상의 효과를 낼 수 있도록 도와줄 것이다.

하지만 활력진에는 살아 있는 순록의 심장이 필요하기 때문에 사냥은 필수적이라고 할 수 있었다.

실버는 늑대 특유의 사냥본능을 발동시킨다.

"킁킁……!"

늑대는 수십㎞를 달려 먹이를 추격하고 몇 시간을 달려 상대방을 타격하는 끈질기고도 치밀한 사냥꾼이다.

그중에서도 실버는 늑대의 제왕이라 불리는 회색 늑대의 진화형이다. 원래 녀석이 가지고 있던 회색 늑대 특유의 사냥본능에 진기까지 합쳐져 완벽한 앙상블을 이룰 것이다.

실버는 근처에 있던 순록의 냄새를 추격하기 시작했고, 이내 방향을 잡고 달리기 시작했다.

"헥헥!"

"이쪽이야?"

"헥헥헥……!"

태하는 이내 실버를 따라 천마군영보를 밟아 함께 순록을 추격하기 시작했다.

파바바밧!

실버는 순간 시속 120㎞으로 무려 5분간 달릴 수 있는 능력을 가지고 있으며, 평균 시속 80㎞로 나흘 동안 쉬지 않고 달릴 수도 있다. 태하는 그런 실버를 따라서 달리며 순록 떼를 맞이할 준비에 들어갔다.

스르르릉—

하얀 눈밭과 아주 잘 어울리는 한빙검이 태하의 손에 자리를 잡았고, 그는 진기를 조금씩 검 끝에 축적했다.

우우우우웅—!

그는 순록의 두 다리를 단 일격에 절단시켜 살아 있는 순록의 심장을 취할 준비를 하는 것이다.

바로 그때, 실버의 몸이 불현듯 한 지점에 멈추어 섰다.

끼이익!

"크르르릉……."

"찾았구나!"

실버는 튼실한 순록 수놈 성체가 한가로이 풀을 뜯고 있는 광경을 매의 눈으로 노려보고 있다.

이제 태하는 그 녀석의 다리를 일격에 양단내기로 결심했다.

"파천신검, 섬!"

팟!

그의 검 끝에서 뿜어져 나온 아주 얇은 검강은 순록의 두 다리를 일격에 잘라버렸다.

서걱!

"끼이이이익!"

"잡았다! 가라, 실버!"

"크아아아앙!"

실버는 마치 섬광처럼 빠르게 쇄도하여 순록의 목덜미를 낚아챘고, 녀석의 심장을 적출하기 가장 좋은 자세로 순록을 고정시켰다.

우드드득!

"헥헥……!"

"잘했어!"

태하는 순록을 통째로 등에 짊어진 채로 다시 안전 가옥으로 향했다.

* * *

12명의 의사는 태하가 만들고 있는 활력진과 생명진을 바라보며 거의 망연자실한 표정을 짓고 있다.

언뜻 보기엔 제사를 지내는 것 같기도 한 도력진의 형태는 처음 접하는 사람에겐 가히 충격적이기까지 하다.

태하는 십육각형의 진법을 짜고 그 테두리에 진석을 놓았다.

턱턱—

땅에 진석이 잘 달라붙도록 순록의 피로 고정을 시킨 태하는 진법의 가운데 위치한 중심 진석 위에 순록의 심장을 올려

놓았다.

두근, 두근!

아직도 생생히 살아 숨 쉬는 순록의 심장, 그 태동이 주변 사람들의 귀에 생생히 들리는 듯했다.

설화령은 활력진의 재료로 무려 500가지의 심장을 가지고 실험을 자행했었다. 그중에서 활력진과 가장 잘 유합되는 심장이 바로 순록의 심장이었고, 그중에서도 튼실한 수놈의 심장은 최상급 재료로 친다고 할 수 있었다.

아마 태하가 만든 진법을 가지고 태린을 치료하게 된다면 지금 당장 기력을 거의 다 회복할 수도 있을 터였다.

하지만 그 이후에 생명진과 반응하여 거의 다 죽어 있던 장기를 살려내게 되면 그 활력은 거의 바닥으로 떨어지게 된다.

그래서 태하는 이 광경을 의사들에게 보여주고 즉시 그녀를 돌볼 수 있도록 한 것이었다.

"내가 치료를 끝마치면 곧바로 수액을 놓든 영양제를 놓든, 갖은 방법을 다 써서라도 태린이의 몸을 정상으로 만들어주세요."

"일단… 일단은 알겠습니다."

반신반의를 넘어서 아예 불신의 눈으로 태하를 바라보는 의사들을 뒤로 한 채 그는 진법에 도력을 불어넣었다.

"후우……!"

우우우우우웅—

태하의 진기가 진석으로 흘러 들어가자, 가장 먼저 활력진이 반응하여 푸른 빛무리를 만들어내기 시작했다.

치지지지지직!

그 모습은 마치 마른 땅에서 번개가 솟는 듯한 광경이었고, 난생처음 보는 광경에 의사들은 그저 넋을 놓고 말았다.

"이, 이건……?!"

"놀라지 마십시오! 이제 막 시작했을 뿐이에요!"

이윽고 태하는 활력진의 위에 태린을 올려놓았다.

우우우웅, 팟!

그러자, 활력진의 푸른색 뇌전이 그녀의 몸속으로 흘러들어가 부족해진 진기를 빠르게 채워나가기 시작한다.

지이이이이잉—

활력진이 그녀의 몸에 들어가자, 창백했던 그녀의 안색이 정상으로 돌아오고 푸석푸석했던 머리카락에 다시 윤기가 흘렀다. 이제 태하는 자신의 진기 절반을 활력진에 할애하여 그녀의 상태를 최상으로 되돌리기 시작했다.

"흐읍!"

사가가가각—!

"쿨럭!"

태하는 너무 급격하게 진기를 뿜어내는 바람에 모든 혈맥이 너덜너덜해질 판이었다.

하지만 그는 흐르는 피를 소매로 스윽 닦더니, 이내 다시 동생 태린에게 온 신경을 집중시킨다.

'지금부터가 가장 중요하다!'

태하는 이윽고 자리에서 벌떡 일어서더니 태린의 몸을 다시 생명진으로 옮겨놓았다.

그러자, 생명진의 백색기운이 그녀의 심장으로 몰려들었다.

스스스스스!

그리곤 그녀의 심장이 백색기운을 온몸 구석구석으로 전달하기 시작한다.

두근, 두근!

심장의 대맥을 타고 이동한 진기들은 그녀의 죽어 있던 장기들을 회복시키고 막혀 있던 기혈들을 모두 뚫어냈다.

"콜록, 콜록!"

그녀는 한 차례 기침을 통하여 죽은피를 토해냈고, 진기는 이내 뚫린 혈도를 타고 백회혈로 향한다. 이제 이 진기들이 백회혈을 건드려 죽어 있던 그녀의 의식을 되살리게 될 것이다.

지금부터 태하는 자신의 생명은 반쯤 포기한 상태에서 집도를 계속해야 한다.

'백회혈을 뚫기 위해선 단 한 번에 모든 것을 마무리해야 한다…!'

태하는 나한천수의 일수에 모든 것을 쏟아 부었고, 생명진의 기운이 혈맥을 타고 한 번에 백회혈을 타격하도록 했다.

'간다!'

위이이이잉, 쾅!

"끄윽!"

"태, 태린 양!"

의사들이 움찔하는 것을 유주가 만류했다.

"가만히 있어요! 태하를 믿어주세요!"

"하, 하지만……!"

"저 친구도 지금 힘들어요! 자칫 건드린다면 둘 다 잘못 될 것 같단 말이에요!"

"후우!"

속이 타 들어가는 의사들, 하지만 태하는 계속해서 자신의 할 일에 최선을 다한다.

'이제 거의 다 뚫렸다! 이제 단 일격이면 된다!'

태하는 자신의 심단전에 남아 있던 마지막 진기를 쥐어짜 내 그녀의 백회혈을 다시 한 번 타격했다.

쿠웅, 콰앙!

"허, 허억!"

"태, 태린아?!"

"어, 언니?"

이내 그녀는 일순간 정신을 차렸고, 태하는 그 모습을 확인하자마자 주저앉고 말았다.

"돼, 됐다… 아아……!"

"태하아!"

"도련님!"

의사들은 쓰러진 태하에게 달려왔지만, 그는 되려 그들에게 버럭 소리를 친다.

"내, 내가 아니죠! 환자를 먼저……!"

"아, 알겠습니다!"

12명의 의사들은 신속하게 그녀의 몸에 링거를 비롯한 영양제를 대거 투입시켰고, 그것을 안정시키기 위해 신경안정제를 함께 투여했다.

그러자, 다소 흥분 상태에 접어들었던 그녀가 서서히 눈을 감았다.

"쿠울……."

깊은 잠에 빠져버린 태린, 태하는 이제 드디어 되살아난 동생을 바라보며 미소를 지었다.

"그래, 이제 되었다……."

그는 이내 동생과 함께 깊은 잠에 빠져들었다.

*　　　*　　　*

태린이 치료를 받은 지 다섯 시간 후, 드디어 그녀는 다시 눈을 떴다.

의사들은 신체반응이 거의 정상인에 가까운 그녀를 바라보며 감탄을 금치 못한다.

"…이게 도대체 어떻게 된 일이지?"

"그러게 말입니다. 세상에 이렇게 희한하고 신묘한 의술이 존재한다는 것은 금시초문입니다."

"도련님께서 정말 해내셨군……!"

태린은 그런 의사들을 바라보며 묻는다.

"제, 제가 왜 이곳에 있죠?"

"그것은 태린 양의 오라버니와 친구분께서 설명해 주실 겁니다."

이윽고 태린이 잠들어 있던 방문이 열리며 태하와 유주가 들어섰다.

"태, 태린아!"

"오빠? 유주 언니?"

"태린아!"

두 사람은 태린에게 달려가 그녀를 안았고, 그녀는 한껏 미소를 짓는다.

"헤헤, 오빠! 언니까지 이게 도대체 무슨 일이야? 나는 왜 이곳에 누워 있고?"

태하는 그녀에게 조심스럽게 물었다.

"일전에 벌어졌던 사건, 아무것도 기억나지 않아?"

"사건?"

그녀는 곰곰이 생각에 잠긴다.

"그러니까… 아빠가 아프다고 해서 발레단에서 다시 한국으로 돌아왔어. 그것까진 기억이 나지만, 그 이후엔……."

태하는 고개를 돌려 정신과 의사 레이먼을 바라본다. 그러자, 레이먼은 그녀의 상태를 단 한마디로 진단했다.

"단기 기억 상실이군요."

"기억 상실…?!"

"인간은 자신의 가장 끔찍했던 기억을 지우기 위해 스스로 기억을 봉인해 버리곤 합니다. 아마 태린 양 역시 그때의 기억을 스스로 억눌러 뇌리 한구석에 가둬버린 모양입니다."

"아아……!"

유주는 탄식을 했으나, 태하는 오히려 그것이 잘 되었다고 생각했다.

"아니, 차라리 잘 되었어."

"오빠?"

"그런 끔찍한 기억이라면 차라리 기억하지 않는 편이 나아."

태하는 그녀가 이대로 기억을 되찾지 못하게 된다면 끝까지 좋지 않은 기억들을 버리고 살아갈 수 있을 것이라고 생각했다. 하지만 레이먼은 이 상태가 언제까지 이어질 것이라곤 장담할 수 없었다.

"사람의 기억은 단편적인 조각 하나만으로도 기폭제 역할을 할 수 있습니다. 아마 태린 양 역시 그렇게 될 확률이 높아요."

"그렇지만 지금 당장은 그럴 확률은 없겠지요?"

"뭐, 장담은 할 수 없습니다만 지금으로선 그렇군요."

"다행이구나……."

유주는 사건의 결정적인 증거가 될 태린의 증언이 사라졌음을 조금은 아쉬워하고 있었지만, 그녀 역시 태린이 고통 속에서 살아가는 것은 원치 않았다.

"그래, 이것으로 된 거야."

"언니?"

"이제 너는 오빠와 함께 행복하게 살아. 물론, 그 길이 험난하겠지만."

"……?"

고개를 갸웃거리는 태린, 태하는 그런 동생의 머리를 정성껏 쓰다듬어주었다.

*　　*　　*

태린이 정신을 차림으로서 상황역전을 꿈꾸었던 유주는 다소 느리더라도 다른 방법을 선택할 수밖에 없다고 생각했다.

그녀는 자신이 수집했던 자료들을 태하에게 넘기며 말했다.

"이번 사건을 내가 조사하면서 느낀 것은 김태평 회장님께서 적을 너무 많이 만드셨다는 것이야."

"…적이라."

"그분께선 아주 좋은 아버지이자 오너이셨지만 시기와 질투를 유발시킬 만큼 완벽하다는 것이 문제였어."

"……."

"대표적으론 김충평 회장이 있을 것이고 그 다음으론 그 자제들과 조카가 있겠지. 물론, 세라도 한 몫을 할 것이고."

"세라까지……."

"그 아이도 살아남기 위해 어쩔 수 없는 선택을 한 거야. 인간적으로 욕하지는 말자고."

"그래……."

그녀는 김충평 회장과 그 주변 인물들에 대해 설명했다.

"가장 먼저 김충평 회장은 블루문 이청문 회장과 접촉을 했던 것 같아. 이청문 회장은 원래 젊어서부터 김충평 회장과 안면이 있었거든. 그래서 그는 김충평 회장이 너희 가족을 몰살시켜 달라고 부탁했을 때 거절하지 않았던 모양이야."

"이청문 회장……!"

이청문 회장은 광주출신 화교로, 블루문을 지금의 기업형 폭력조직으로 만들어낸 인물이었다.

현재 한국 조폭계에선 그를 넘어설 사람이 없었으며, 경찰은 그들이 마피아처럼 미처 공권력이 손을 쓸 수 없을 정도로 성장할 것이라고 예측하고 있었다.

유주는 계속해서 이청문 회장에 대해 설명했다.

"이청문은 중국계 화교들 500명을 한국으로 끌어들였어. 지금은 그 숫자가 무려 1,000명에 육박하고 말이야. 물론, 그 휘하의 조직원들이 거느린 새끼 조폭까지 합치면 미처 그 수를 헤아릴 수조차 없어."

"무지막지한 놈이군."

"그런데 그는 이 엄청난 조직원들을 동원하여 꽤나 기업가다운 겉치레를 만들어냈어. 유통, 물류, 유흥, 엔터테이먼트까지, 그가 거느린 계열사만 벌서 10개가 넘어. 이대로라면 그들은 정말 대기업으로 성장하게 될 거야."

"흐음……."

"하지만 내가 이청문을 조사하겠다고 선언했을 때, 잘못하면 검찰계에서 아예 수장당할 뻔했어."

"수장? 중앙지검으로 들어간 네가 말이야?"

"그 뒷배가 상당히 껄끄러운 상대였거든."

그녀는 태하에게 사진을 한 장 건넸다.

"민화당 김정문 의원이야. 잘 알지? 정치적 기반이 꽤나 탄탄하고 지지율도 상당히 높은 것 말이야."

"김정문? 이 사람이 블루문의 뒷배란 말이야?!"

"블루문은 김정문의 비자금을 조성해 주는 대가로 그를 뒷배로 등용시킬 수 있었던 모양이야. 그 덕분에 김충평 회장도 교묘히 용의선상에서 빠져나갈 수 있었고."

"이런 빌어먹을……."

태하는 일이 상당히 복잡하게 꼬여 있다는 것을 알 수 있었다.

유주는 그에게 조금 더 복잡한 얘기를 꺼내들었다.

"그런데 말이야, 더 재미있는 일이 있어. 너, 아파린 투자신탁이라고 할지? 정명회가 운영하는 기업 말이야."

"잘 알지. 우리 아버지의 사모펀드였으니까."

"그래, 네가 언젠가 내게 살짝 언급한 적이 있었지. 그런데 그 사모펀드 말이야, 김태형 그 자식이 김정문과 짜고 후계를 물려받기로 한 것 같아."

"뭐…?! 아파린 투자신탁을 태형이가 물려받는다고? 그게 가능한가?"

"어차피 지금 아파린 투자신탁은 네 손을 떠났어. 그래서 정명회가 거의 맹주라고 할 수 있지. 게다가 그 안에 있는 조직원의 대부분은 한국에서 건너간 화교들이 많고. 김정문은 아파린 투자신탁을 블루문으로 압박했어. 원래 두 세력들은 한국계 사설금융시장을 점령하려고 알력다툼을 벌이고 있었어. 그 영향으로 전쟁도 몇 번인가 벌어졌고. 하지만 그 전쟁을 먼저 종식시킨 쪽은 블루문이야. 그들은 휴전을 제안하는 대신 후계 구도를 바꾸자고 제안했거든."

태하는 그녀의 말을 선뜻 이해할 수가 없었다.

"멀쩡한 조직의 후계를 바꾼다니, 그게 가능한가? 정명회가 동네 건달도 아니고?"

"그래, 정명회는 흑사회 거두야. 하지만 그 안에는 두 갈래의 파가 서로를 헐뜯고 있는 상황이었어. 현 회장은 이제 거의 다 죽을 때가 다 되었고, 어느 한쪽은 반드시 득세를 해야 정권을 잡을 수 있었지. 그 상황에서 블루문이 돌연 두 번째 세력을 밀어주기로 한 거야. 그들은 자신의 우두머리를 쳐내는 대신 꼭두각시로 김태형을 세우기로 한 것이고."

"허어……!"

"그래서 지금 정명회 분파인 진매린파는 보스를 한국의 감옥으로 보내버렸어. 하여, 지금 정명회는 김태형이 거의 실질적인 오너라고 할 수 있어."

"이것 참……."

"네가 그랬잖아. 태형이가 너를 죽이는데 가담하는데 서슴이 없었다고. 아마 아파린 투자신탁이 움직여 너를 매도시킨

것도 태형이의 계산일 거야. 놈은 아파린 투자신탁을 자신이 꿀꺽해서 대한정밀의 주주 행세를 하고 싶은 거야."

"흐음……."

여기까지 얘기를 들어본 태하는 일이 복잡하긴 하지만, 잘하면 두 세력을 단 한 방에 잠재워버릴 수 있다고 생각했다.

"그럼 내가 만약 이청문과 김정문을 제거하게 된다면 어떻게 되는 거야?"

"…가능하기만 하다면 상황은 의외로 쉽게 풀리겠지."

"흐음……."

"하지만 그게 쉽겠어? 이청문은 몰라도 김정문은 쉽사리 죽일 수 없는 사람이야."

태하는 그녀에게 자신의 능력 중 하나를 선보였다.

"잘 봐……."

그는 천마신공을 극성으로 끌어올린 후, 자신의 겉모습을 순식간에 바꾸어버린다.

팟!

"허, 허억!"

"나는 겉모습을 바꿀 수 있어. 물론, 내가 겉모습을 바꿀 수 있는 것은 딱 네 번이야. 하지만 평생 그 사람으로 살아가도 될 만큼 감쪽같지."

태하는 하단전, 중단전, 상단전, 심단전을 이용하여 각각 한 번의 역골탈태를 실시할 수 있다.

단전에 한 가지 모습을 각인시켜놓으면 그 모습에 따라 모습을 바꿀 수 있지만 그 각인을 지울 수는 없다.

그래서 지금 태하는 총 세 개의 신분을 가지고 있었다.

만약 그가 또 하나의 신분을 갖고자 한다면 마지막인 심단전을 이용해야 할 것이다.

"네가 나에게 건달 신분을 하나 구해다 준다면 그놈을 죽이고 내가 그놈이 될 수 있어. 그렇게 된다면 김정문을 내가 살해한다고 해도 큰 문제가 없을 거야."

"하지만 그렇게 되면 네가 감옥에 갈 텐데?"

"괜찮아. 그 또한 기회가 되지 않겠어?"

"기회?"

"네가 말했잖아. 정명회의 후계자가 감옥에 있다고. 내가 감옥에서 그를 꺼낸다면 그가 내 휘하로 들어오는 것도 불가능하지는 않겠지."

"……!"

"어때? 이렇게 하면 김정문을 처단하고 내가 정명회를 장악할 수 있어. 게다가 그 세력을 이용해 블루문도 처부술 수 있고."

"스스로 살인자가 되겠다는 거야?"

"…나는 가족들을 잃었어. 그것도 아주 처참하게 말이야. 내 부모님을 죽인 원수, 그 원수의 심장을 뽑아 씹어 먹어도 모자라단 말이야……!"

그녀는 심란한 마음을 금할 길이 없었다.

"…잠깐만, 태하야. 내가 생각을 정리할 수 있도록 시간을 조금만 줘."

"그래, 알겠어. 천천히 한 번 생각해 봐."

"그래……."

유주는 곧 돌아섰고, 태하는 조용히 태린의 방으로 향했다.

*　　　*　　　*

안전 가옥에 위치한 태린의 방.

"헥헥……!"

"실버, 손!"

"헥헥!"

"아니, 그건 꼬리잖아? 손!"

"헥헥……."

태린은 늑대 실버를 조련시킨다고 어제부터 계속 손을 달라는 둥, 반복 숙달을 시키고 있지만 그것은 불가능한 일이었다.

원래 실버는 결코 길들여지지 않는 야생의 회색 늑대이기 때문에 사람의 손을 탈 수가 없다.

실버는 오로지 태하를 우두머리로 생각하고 있고, 그 진기를 공유한 사이라 서로 교감이 통하는 것이었다.

아마 실버는 태린을 자신의 무리의 구성원쯤으로 생각하고 있을 뿐, 그녀를 섬기지는 않을 것이다.

그래도 실버는 몸이 약한 무리 구성원을 위해 어쩔 수 없이 그녀를 상대해 주고 있었던 것이다.

태하는 그런 태린을 바라보며 실소를 흘린다.

"태린아, 실버를 그만 괴롭혀."

"아니야! 나는 실버와 놀아주고 있는 거야! 그렇지?"

"…헥헥."

"아닌 것 같은데?"

"치잇, 치사한 녀석!"

"끼잉……."

태린은 실버의 꼬리를 확 비틀어 버렸고, 녀석은 귀찮다는 듯이 침대 밑으로 몸을 숨겨버렸다.

아마 실버는 몸이 약한 그녀를 지키기 위해 이곳에 상주하고 있는 것이고, 괴롭히는 그녀의 손길을 잠시 피하기 위해 침대 밑으로 기어들어간 것이 분명했다.

태하는 그런 실버를 애써 부르지 않고 그녀의 곁에 앉았다.

"태린아, 몸은 좀 어때?"

"괜찮아! 어제까지만 해도 심장이 막 두근거리고 숨도 찼는데, 이제는 괜찮아. 심지어 오늘 아침까진 막 구토도 하고 그랬지만, 이제는 밥도 잘 먹어. 신경안정제가 투여되서 그런 거래."

"그렇구나……."

태린의 뇌는 심각한 충격을 받아 히스테리성 기억 상실을 만들어냈고, 그것은 중중 우울증을 유발시켰다.

레이먼든 그녀의 뇌를 안정시키기 위해 신경안정제와 항우울제를 처방했고, 그녀는 우울증에서 조금이나마 벗어날 수 있었다.

하지만 그 증세가 완전히 호전된 것은 아니었다.

원래 그녀는 동물을 괴롭히거나 개에게 화풀이를 할 정도로 공격적인 성향이 아니었다.

방금 전, 자신의 말을 듣지 않는다고 실버의 꼬리를 비틀어 버린 것은 무의식 중에 잠재되어 있던 우울증 증세가 고개를 쳐든 것이었다.

'불쌍한 녀석.'

태하는 그녀가 이 세상에서 가장 불쌍한 아이라고 생각한다.

그는 태린의 곁으로 다가가 그녀를 꽉 안아주었다.

"오빠……?"

"우리 때쟁이, 찡찡이……."

"헤헤, 오늘따라 왜 이렇게 닭살스러워? 무슨 일 있어?"

"…일은 무슨."

"무슨 일인지는 몰라도 기분은 좋네!"

"그럼 다행이고."

태하는 이제 부모님과 여동생의 복수를 위해 야차가 되는 것을 기꺼이 받아들이기로 한다.

'그 죄의 대가는 피로서 되받을 것이다!'

*　　*　　*

이틀 후, 유주는 상당히 수척한 얼굴로 태하를 찾았다.

찬바람이 쌩쌩 부는 산장 마당으로 태하를 불러낸 유주는 그에게 권총을 한 자루 건넸다.

"받아."

"이게 뭐야?"

"사람을 죽이려면 무기가 있어야 할 것 아니야?"

"너……."

그녀는 입술을 짓깨물었다.

"악한 사람은 처단해야 하는 것이 이 세상의 법도야. 그 방법이 잘못되었다고 해도 처단하지 않는 것보다는 훨씬 나아."

"마음을 먹은 거야?"

"응. 네가 야차가 된다면 친구인 나도 야차가 되어야지. 그게 우리끼리의 의리이자 도리 아니겠어?"

"정말 괜찮겠어?"

"물론, 괜찮지는 않아. 대한민국 검사인 내가 친구에게 살인을 사주하다니, 돌을 맞아 죽을 일이지. 하지만 그 돌, 기꺼이 맞기로 했다."

"고맙다, 친구야!"

"후후, 고맙긴. 우리는 형제잖아?"

유주는 성별도, 성씨도 다른 태하를 형제로 생각하고 있었고, 자신의 모든 것을 바쳐 그를 돕기로 마음먹었던 것이다.

그녀는 태하에게 이번 사건에 대한 개요를 전달해줬다.

"김정문은 이번 공천에 대한 소명을 대국민 담화로 풀어낼 생각이야. 알다시피, 그는 얼마 전에 비자금 파문으로 검찰 조사를 받았거든. 아무리 당의 공천을 받았어도 그가 재선하는 것은 쉽지 않은 일이야. 그래서 언론플레이를 하려는 것이지."

"흐음……."

"이때가 기회야. 네가 만약 감옥에 가는 동시에 복수를 한다면 이번 담화가 기회라는 소리지."

태하는 그녀의 계획에 기꺼이 동참하기로 했다.

"좋은 전략이구나. 그럼 내가 그를 살해하고 너에게 잡히면 그림이 얼추 완성이 되겠군?"

"그렇지. 내가 너를 기소하고 감옥으로 보내게 되면 정명회의 후계자인 진매린과 함께 수감될 수도 있어. 그리고 또 한 가지, 그곳에는 김화평 이사님을 죽인 범인도 함께 수감되어 있어."

"…숙부님?!"

"그래, 화평 숙부님을 죽인 블루문 행동대장이 그곳에 수감되어 있어."

순간, 태하의 눈이 반짝인다.

"좋은 기회군!"

"어때? 이 기회에 그놈도 함께 처리하는 것이?"

"후후, 좋은 방법이군!"

태하는 본격적으로 복수의 칼날을 뽑아들기로 한다.

"내일 당장 한국으로 입국하자. 도와줄 수 있어?"

"물론이지. 내가 온 대로 소형 크루즈를 타고 가자. 그곳에서 새 신분을 만들면 되고."

"그래."

두 사람은 금수들을 잡아먹기 위해 스스로 괴물이 되기로 했다.

『도시 무왕 연대기』 3권에 계속…

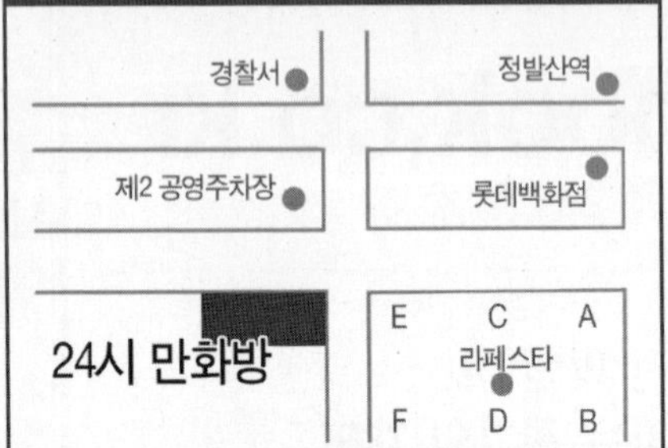

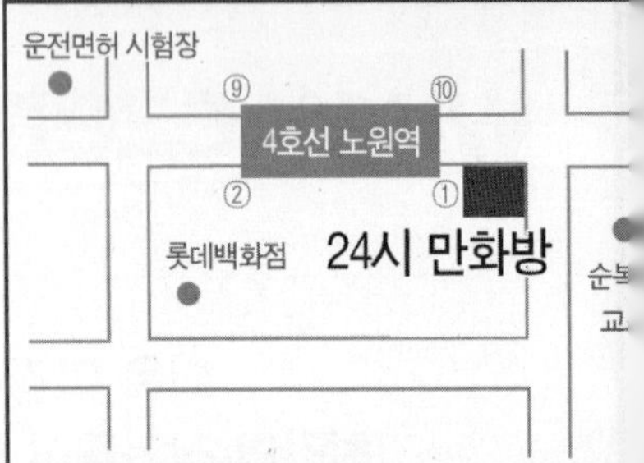

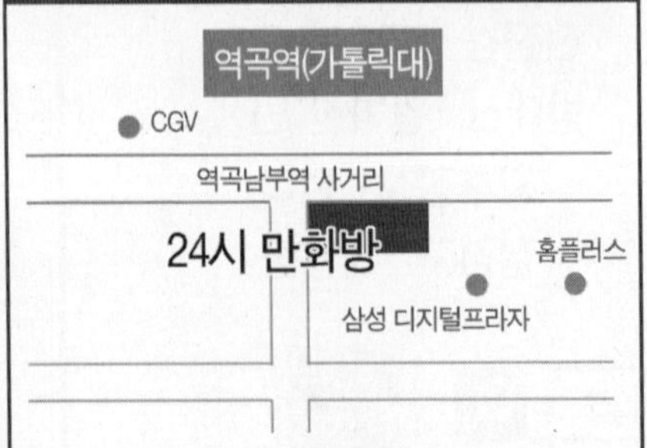

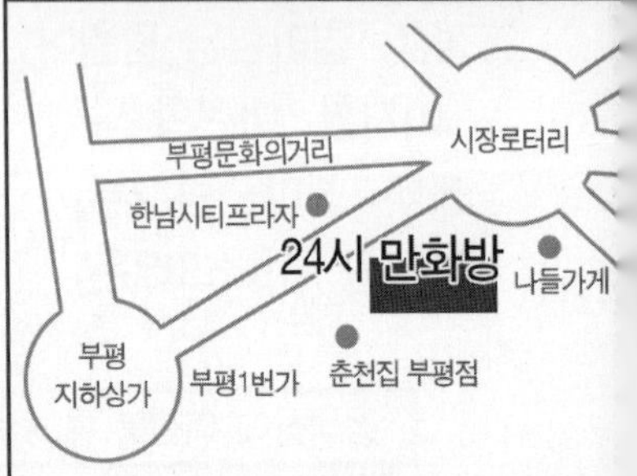